LA DISPARUE DES ARDENNES

DU MÊME AUTEUR

L'Approche du mal (avec Jean-Luc Ployé), Grasset, 2019.
La Passion du mal (avec Jean-Luc Ployé), Grasset, 2022.

MATHIEU LIVOREIL

LA DISPARUE DES ARDENNES

BERNARD GRASSET
PARIS

Photo de couverture : DR.

ISBN 978-2-246-82552-4

« … et Lihn disait : C'en est fini des tigres, et : Ça a été beau tant que ça a duré, et : Même si tu ne le crois pas, Bolaño, sois attentif, dans ce quartier seuls les morts sortent se promener. À ce moment-là nous avions tous deux déjà traversé le bar et étions penchés à une fenêtre, regardant les rues et les façades de ce quartier si particulier où seuls se promenaient les morts. Et nous regardions et regardions et les façades étaient sans aucun doute les façades d'un autre temps, et les trottoirs aussi, le long desquels se trouvaient garées des voitures qui appartenaient à un autre temps, un temps silencieux et cependant mobile (Lihn le voyait bouger), un temps atroce qui continuait à vivre sans aucune raison, seulement par inertie. »

Roberto BOLAÑO,
Rencontre avec Enrique Lihn

1.

Au cœur du printemps, son visage s'est mis à fleurir dans une poignée de villages ardennais, non loin de la frontière belge. Il apparaissait au pied des lampadaires, sur les portes des cafés et les vitres arrière des voitures. Ses yeux bleu piscine et ses longs cheveux blonds ont commencé à s'immiscer dans les mémoires, à menacer d'y faire leur nid en même temps que les lettres noires qui l'accompagnaient, ALERTE DISPARITION. Une semaine a passé, puis deux. Le phénomène s'est étendu. D'autres affiches sont apparues dans des villages voisins, jusqu'au centre de Sedan, la grande ville du secteur, et dans les pages de *L'Ardennais*, le journal local où je travaillais. Des gendarmes enquêtaient, d'importantes recherches étaient menées, écrivait-on, mais personne ne pouvait dire où se trouvait Anaïs Guillaume. Depuis la nuit du 16 au 17 avril 2013, la jeune femme de 21 ans demeurait introuvable.

En charge des faits divers et de l'actualité judiciaire depuis moins d'un an, j'ai contacté ses parents – ils avaient laissé leur numéro sur les affiches. Valérie, la mère d'Anaïs, m'a proposé de venir le lendemain matin chez eux, à Blagny, petit village dont j'ignorais tout après trois années passées dans ce département. Jamais Valérie et Fabrice Guillaume n'avaient rencontré de journaliste. Jamais je ne m'étais jamais retrouvé seul face à des parents dans une telle détresse. Assis dans la cuisine, ils ne savaient par où commencer – moi non plus. Anaïs était revenue vivre ici depuis plusieurs mois. Ses deux frères, petit et grand, n'étaient pas là. La machine à café hoquetait, un petit chien me reniflait. Le besoin de raconter leur fille vacillait face au vertige de son absence. La veille, ils hurlaient encore son prénom dans des bois sans chemin ni clairière, traquaient la moindre trace suspecte, roulaient sur des routes de campagne en espérant jusqu'à l'aube la voir surgir dans le halo de leurs phares et tout expliquer. Le temps n'était plus qu'un insoutenable goutte-à-goutte, de l'angoisse en perfusion. Valérie parlait, pleurait, parfois les deux en même temps. « On devient fou tellement on a envie de la retrouver », répétait-elle. Moins loquace, Fabrice complétait les phrases laissées en suspens par son épouse. « On croit la voir partout et à force, on devient parano », soufflait-il. Je notais leurs mots, leurs regards, leurs silences. Dans mes relances, je prenais soin d'évoquer Anaïs au présent. Au bout d'une heure, j'ai demandé à les prendre en photo. Valérie a refusé à cause de ses yeux trop rougis. Fabrice s'est plié à l'exercice, me fixant d'un regard vidé par le désespoir et la fatigue, les mains posées sur un comptoir où j'avais disposé à la hâte deux photos d'Anaïs. Sur celle de gauche, la première diffusée à la suite de sa disparition, elle apparaît avec un chaton dans les mains, souriante, en train de blaguer avec l'amie qui l'immortalise. Sur celle de droite, utilisée pour ses papiers d'identité, elle nous fixe, belle, légèrement amusée. Valérie m'a raccompagné jusqu'à la porte. En me retournant une dernière fois vers sa maison, j'ai vu ses yeux bleus s'écarquiller brièvement. L'espace d'une seconde, j'ai cru à un malaise. D'une voix rendue rauque par le chagrin, elle a répondu à la question que je n'avais pas osé poser : « Si vous me demandez si ma fille est vivante, là, maintenant, je vous dis non. » Ses mots m'ont figé. Cette histoire ne pouvait que mal finir, Valérie et Fabrice Guillaume le savaient bien, et j'étais trop appliqué à observer comment ils tenaient debout pour le réaliser.

Près de dix années ont passé.

Je retrouve Valérie Guillaume sur son pas-de-porte. L'été ne veut pas s'en aller, l'air est tiède et le ciel sans nuage. En ce début d'après-midi, elle est seule. Fabrice n'est pas encore rentré du travail et leurs deux fils ont quitté la maison. Je referme la porte derrière nous, note la faible luminosité, les volets tirés. Un grand visage peint d'Anaïs est accroché dans le salon. Cadeau d'une amie, me confie-t-elle d'un sourire triste. Devant une tasse de café, Valérie Guillaume me raconte un peu de son quotidien : elle ne sort quasiment pas, ne conduit plus, fume trop, mange peu, n'arrive pas à dormir. Depuis la disparition d'Anaïs, elle n'a jamais pu reprendre un travail. Elle m'apparaît anéantie, accablée par une tristesse que seule la haine semble par instants en capacité à tenir à distance. Elle ne sait quel itinéraire emprunter pour retrouver celle qu'elle nomme « l'ancienne Valérie ». Celle qui savait vivre, partager, s'enthousiasmer.

À l'étage, la chambre d'Anaïs est restée en l'état, me dit-elle. En 2014, la caméra d'une émission belge y a tourné quelques plans. On y voyait des murs bleus, des personnages de Disney dessinés, des coupes et des médailles remportées lors de concours d'équitation, des photos d'un chien et, posés sur le lit, deux doudous. Une enfance heureuse, figée en quelques mètres carrés. Rien n'a été changé, pas même les draps. Les frères d'Anaïs ont fini par proposer que ce sanctuaire devienne une chambre d'ami, mais Valérie Guillaume sait qu'elle n'est pas prête. Pas encore. À l'aube, lorsqu'une nuit a été plus que compliquée, elle va y dormir quelques heures, seule.

Quelques mois auparavant, une amie l'a convaincue de la rejoindre au club de marche. C'était le printemps, elle s'est laissé tenter. Le vent, l'odeur de la terre, le parfum des sapins, le bruit des feuilles, tout ça lui a provoqué de drôles de sensations. Échanger des banalités avec des inconnus, aussi. Dans sa vie d'avant, elle n'aimait pas se promener dans les bois mais ce jour-là, à l'ombre des grands arbres noirs, elle a trouvé un peu moins lointain le monde qui l'entourait, un peu moins atroce ce que le temps avait fait d'elle. Alors elle y est retournée. Mais cette quête d'un soupir presque apaisé, d'une minuscule trêve de la douleur, menace toujours de se confondre avec l'étoffe du souvenir de sa fille. Valérie Guillaume se rend où Anaïs aimait aller afin, là encore, de se sentir près d'elle.

Elle avait accepté de me recevoir à condition que cela ne devienne pas un article. Je lui avais donné ma parole. Après une seconde tasse de café, je lui ai annoncé vouloir consacrer un livre à cette folle histoire qui, pendant des années, avait agité ce bout de France. Elle a demandé un délai, soucieuse d'en discuter avec sa famille. Nous avons encore parlé pendant une bonne heure avant qu'elle me lance : « Vous voulez m'accompagner sur la tombe de ma fille ? » J'ai accepté.

Le jour déclinait lorsque j'ai retrouvé ma voiture, garée à côté du stade municipal non loin duquel Anaïs Guillaume avait passé des heures à rire et parler fort, à rester éveillée autant qu'elle pouvait, entourée de ses amis, enveloppée par l'obscurité. À d'autres heures, son père et ses frères y avaient défendu les couleurs du club de football local. Une boîte à livres pleine était posée sur le trottoir. *L'Épreuve de l'absence*, *L'Irrésistible Appel*, *Quand le Diable s'en mêle*, *L'Insolence de sa beauté*, *Comment le lui dire ?* et *Ne m'oublie pas.* Face à ces titres inconnus, je voyais tout le temps qui m'avait filé entre les doigts depuis ma première visite et j'imaginais ceux qui, derrière les murs de ces maisons modestes, avaient lu ces pages, peut-être animés par l'espoir d'y retrouver la trace de fantômes guettés par l'oubli.

Trois semaines plus tard, Valérie Guillaume m'a appelé pour me donner son accord.

Sidération

2.

L'après-midi du 17 avril 2013 s'achève et, dans sa chambre, Madissone s'arrête en découvrant le message apparu sur son mur Facebook. « Quelqu'un a des nouvelles d'Anaïs ? » La question n'a aucun sens. Une mauvaise blague, forcément. Mais ces deux lignes sont publiées par le grand frère d'Anaïs. Madissone rembobine. Elle l'a encore croisée la veille dans Carignan, le gros bourg du coin, trois mille habitants environ, auquel est accolé Blagny, le village de ses parents. Madissone sortait de la banque quand elle l'a aperçue en train de se garer entre l'église et le kebab. *Et comment ça va, Muchacho ?* Depuis qu'elles se connaissent, ces deux-là ont tout partagé : la passion de l'équitation, les méandres de l'adolescence, des tonnes de secrets et de fous rires, une colocation et ce surnom dont plus personne ne sait l'origine.

Cette rencontre dure quelques minutes. Anaïs, pressée, raconte la mauvaise surprise qu'elle vient d'avoir. Son compte bancaire est à découvert. Alice, une des filles de leur ancienne voisine, a retiré 400 euros en utilisant sa carte bleue sans lui demander. Anaïs doit se rendre le soir même chez Patricia, la mère de cette adolescente. L'histoire a de quoi la rendre furieuse, la somme est assez importante pour plonger ses finances dans le rouge, mais un remboursement rapide ne fait guère de doute. Depuis un an qu'elles se connaissent, Patricia est devenue l'amie d'Anaïs et Madissone, toujours disposée à offrir une oreille bienveillante et un café malgré son train de vie précaire. Sur ce bout de trottoir, Anaïs lui demande de contacter le grand frère d'Alice pour sonder l'humeur de la famille à propos de ces 400 euros. Madissone accepte son rôle comme une évidence. « Ce sera notre plan diabolique », rit Anaïs.

Peu après, Alice et Anaïs se retrouvent comme prévu. La première, âgée d'à peine 14 ans, admet rapidement sa faute. La seconde prévient Madissone par SMS : *Ma poule, Alice m'a volé 400e sur mon compte. La putain, elle serait pas aussi jeune, je lui démonterai la gueule. Si Patricia me les rend pas je porte plainte.*

— *T'es sérieuse ? Comment elle a pu te prendre de l'argent ? T'es sur que c'est elle ?*

— *Oui elle me la avoué, elle a volé ma carte et a retiré 400e*

— *Ah vache c'est chaud… Comment que sa se fais qu'elle a fait cela ?*

— *Je sais pas.*

— *Okay : /… C'est chaud quand même.*

Vingt-quatre heures plus tard, Madissone, assise devant son ordinateur, reste incrédule à la relecture du court message laissé par le frère d'Anaïs. Elle attrape son téléphone, relit les derniers textos. Se repasse le film des événements. La veille, vers 22 heures, le frère d'Alice, à qui elle avait écrit comme convenu avec son amie, l'a prévenue : Anaïs venait d'arriver chez eux. Et le lendemain, elle aurait disparu ? Anaïs doit se trouver dans une zone sans réseau ou alors elle a perdu son téléphone.

Anaïs est née en juin 1991, Madissone en juin 1994. Malgré cet écart, significatif à l'échelle d'une adolescence, leur amitié a toujours relevé de l'évidence. Leurs routes se sont croisées cinq ans plus tôt, à la fin de l'été 2008, grâce à une passion commune pour l'équitation, premier ciment de leur relation. Madissone, âgée de 14 ans, va voir son cheval, mis en pension depuis peu chez un ami de son père. Elle est seule, intimidée, un peu perdue dans ce lieu dont elle ignore tout. Anaïs, qui y effectue son premier stage, vient la rassurer à la manière d'une grande sœur, elles dont les vies sont remplies de frères – deux pour Anaïs, cinq pour Madissone.

Jamais monté, le cheval de Madissone se révèle difficile à approcher. L'amadouer sera le premier défi partagé par les deux filles. Madissone fréquente un centre équestre depuis deux ans mais ne sait rien du débourrage. Chaque semaine, lorsqu'elle revient, Anaïs lui explique comment gagner la confiance de l'animal, l'habituer à porter une selle, supporter un mors puis un sac à patates sur le dos, essayer une balade à la longe, se risquer à le monter, tenter le premier trot, oser le premier galop. Échouer, recommencer. L'apprentissage dure trois mois. Avant les vacances de Noël, Madissone se rend à cheval au collège, fière face à des camarades médusés. Joie enneigée de fin d'enfance. Anaïs et elle ont pris l'habitude de se voir les week-ends, voire de dormir chez l'une ou l'autre le samedi soir. Les parents de Madissone vivent à Pure, à trois kilomètres de ceux d'Anaïs. Ils s'apprécient, acceptent volontiers d'accueillir l'amie de leur fille le temps d'une nuit ou d'une sortie dans un parc d'attractions en Belgique. « C'était la bonne époque. Anaïs était joyeuse, elle me protégeait », se remémore Madissone lorsque je la retrouve, loin des Ardennes.

Ces souvenirs – et tout ce qui va suivre – ont pour décor un territoire rural d'à peine quelques dizaines de kilomètres carrés, dans l'extrême sud-est ardennais, entre la Belgique à l'est et la Meuse au sud. Au nord-ouest, Charleville-Mézières, la préfecture, cruellement surnommée Charleville-Misère, est à trois quarts d'heure de voiture. À mi-parcours, Sedan est accablée par un taux de pauvreté qui n'en finit pas de prospérer. En laissant la deuxième ville du département dans ses rétroviseurs, la route, une bande de ciment parfois dégradée nommée D8043, mène à une nuée de villages bâtis autour d'églises fermées, invariablement séparés par des champs et des bois. C'est un pays à l'écart des circuits touristiques

– y compris ceux qui promettent la tranquillité –, aux reliefs et aux maisons modestes, parfois prolongées de hangars de tôle ondulée où reposent des engins agricoles divers. Et c'est tout. Les agriculteurs sont moins nombreux à chaque génération tandis que les ouvriers doivent aller plus loin, jusqu'en Belgique ou au Luxembourg, pour trouver une usine qui embauche. Les plus anciens sont les derniers à avoir vécu l'époque où le tissu industriel – textile, sidérurgie – n'avait pas été méticuleusement déchiqueté par les crises et mutations. Depuis, les commerces vivotent, les services publics se raréfient et la jeunesse, privée d'une salle des fêtes, d'université et de perspectives, ne peut que rêver d'ailleurs à l'âge d'imaginer l'avenir.

Jeudi 18 avril, au lendemain de la première alerte lancée par le frère aîné d'Anaïs. À l'heure du déjeuner, Madissone reçoit un appel de sa mère. Son inquiétude transpire dès les premiers mots. Valérie Guillaume est à ses côtés et Madissone comprend qu'Anaïs n'est pas rentrée. *Tu ne sais pas où elle est, Maddie ?* Son cœur se met à boxer. Madissone fonce rejoindre ces mères en panique. Leurs regards reflètent la même incompréhension, la transforment en peur, en larmes. On se répète le peu que l'on sait. Anaïs ne répond plus depuis trente-six heures. Son téléphone renvoie directement vers sa messagerie. Toutes les trois le savent : jamais elle ne les laisserait dans cette incertitude.

3.

La nuit est noire et le mercure en dessous de zéro. À l'étage de la maison des Guillaume, Valérie s'éveille en silence, attentive à laisser dormir Fabrice, rentré tard de son usine luxembourgeoise. Depuis deux ans, elle se rend au domicile de personnes âgées chez qui elle assure levers et couchers, repas et ménages, conversations et petites attentions. Au pied de l'escalier, elle aperçoit Clément, le plus jeune de ses trois enfants, prêt à partir au lycée. Anaïs est là aussi, assise devant l'ordinateur, en train d'écouter des vieux sons de Louisiane, pleins de banjos et d'accordéons, qui sonnent comme un monde à découvrir. « Maman, tu connais ça ? » Valérie sourit face à l'enthousiasme matinal de sa fille, s'approche jusqu'à remarquer les grosses bottes kaki à ses pieds. Cette vision l'arrête. Anaïs s'en aperçoit et devance la question de sa mère : « C'est Philippe, son commis est malade, il m'a demandé si je pouvais l'aider à labourer…

— Mais tu ne vas pas encore retourner voir ce type ?

— C'est pas parce qu'on n'est plus ensemble qu'on ne pourrait pas être amis !

— Tu vas encore te mettre dans une situation infernale avec lui… »

L'orage menace. Voilà des mois que Philippe Gillet ne peut plus être mentionné entre ces murs sans risquer de déclencher une tempête.

Deux ans plus tôt, au printemps 2011, cet agriculteur a accueilli Anaïs le temps d'un stage sur son exploitation, à deux villages de là. Entre ce père de famille marié et la jeune femme, la relation professionnelle a viré à la liaison passionnée. Violente, aussi. En juin 2012, Anaïs s'est vu décerner trois jours d'incapacité de travail par un médecin et a déposé plainte contre Gillet. L'épisode a été classé sans suite par les gendarmes locaux, qui n'ont même pas pris la peine de placer l'homme en garde à vue ou d'en référer au parquet de Charleville-Mézières. Déjà désapprouvée, tolérée à contrecœur par les parents Guillaume, l'idylle est devenue interdite. Mais elle a persisté, clandestine, hachée par des ruptures et des réconciliations. Amoureuse, Anaïs a pris un peu de champ avec ses parents pendant quelques mois, jusqu'à la fin de l'hiver 2013, s'en allant vivre avec son amie Madissone dans un appartement pour lequel Gillet s'est porté garant. Depuis, tout semblait redevenir comme avant. Anaïs est retournée habiter chez ses parents, prête à reconstruire sa relation avec eux, et accessoirement ses finances. Plus récemment, elle a aussi rencontré un jeune homme, Jérôme, l'a même présenté à sa famille, heureuse de la revoir joyeuse, pleine d'allant. Ce Gillet était rangé au rayon des mauvais souvenirs.

Alors ce matin du 16 avril, Valérie choisit d'abréger. « Gère ta journée comme tu veux, mais faut aussi penser aux conséquences... » lance-t-elle à sa fille. Elle prévient son fils que des endives au gratin l'attendent au four pour dîner et s'en va sans se retourner dans le froid et l'obscurité, agacée que ce nom ait pu, une fois encore, faire irruption.

À la tombée de la nuit, Valérie Guillaume revient de sa seconde tournée de la journée. Clément est là, pas Anaïs. Le gratin est intact. Le petit frère attend sa sœur. Trois heures plus tôt, déjà rentré du lycée, il l'a croisée dans cette même pièce, une demi-heure à peine, le temps pour elle de monter prendre une douche, se changer et repartir en voiture. D'un sourire identique aux précédents, elle lui a glissé qu'elle revenait vite. Non, elle n'a pas précisé où elle allait. Pas loin, à l'évidence : carte d'identité, clé de maison et carte bleue sont restées là. Valérie dîne avec son fils avant d'appeler Anaïs. Pas de réponse. Lui ferait-elle payer l'échange tendu du matin ? Peu probable. Elle demande quand même à Clément d'essayer de la contacter. Pas la peine, explique l'adolescent, lui aussi a tenté et échoué avant le retour de sa mère. Peu avant minuit, une clé fouille la serrure de l'entrée. Fabrice, de retour du boulot. Lui aussi l'appelle, en vain, puis, peu après minuit, lui adresse un SMS. Les parents montent se coucher sans donner de tour de clé. Jamais Anaïs n'a découché sans les prévenir, mais elle a 21 ans, non ? Sept heures plus tard, Valérie Guillaume ouvre un œil et va voir la chambre d'Anaïs. Vide. Valérie va travailler, Clément file au lycée, Fabrice reste à la maison. Avant de prendre la route en fin de matinée, il téléphone à Valérie. Voilà plus de douze heures qu'Anaïs n'a pas donné signe de vie. Valérie rentre, essaie de l'appeler encore et encore, tombe de suite sur sa messagerie. Des proches sont contactés. Ils ne savent rien. Aurait-elle pu chuter de cheval ? Non, le sien paresse dans sa pâture, à proximité de la maison. Fabrice arpente les environs en voiture, pousse jusqu'à la ferme de Philippe Gillet, la seule personne connue à avoir levé la main sur sa fille, mais ne voit pas son véhicule. La peur se mue en panique.

Valérie et lui foncent à la gendarmerie de Carignan, une grosse maison d'habitation posée à un kilomètre de chez eux, le long de cette route départementale qui coupe en deux tous les villages qu'elle traverse. À l'accueil, le militaire prend note des premiers éléments jusqu'à demander l'âge d'Anaïs : 21 ans, bientôt 22. Il s'interrompt. Si elle est majeure, explique-t-il, il faut laisser passer 48 heures, désolé c'est la loi, on ne peut rien faire, revenez si elle n'est pas rentrée d'ici là. Les Guillaume insistent, répètent que leur fille n'a jamais fugué, qu'il faut lancer des recherches sans plus attendre car il a forcément dû lui arriver quelque chose. Fin polie de non-recevoir. Ils n'osent pas hausser le ton mais tentent une ultime requête : serait-il au moins possible de vérifier si la voiture d'Anaïs n'est pas stationnée à l'intérieur de la ferme de Philippe Gillet, à cinq kilomètres de là ? Ce serait l'affaire d'un quart d'heure. Non plus, au motif que la brigade est ce jour-là en sous-effectif. Désemparés, les Guillaume se retrouvent sur le trottoir avec la désagréable sensation ne pas avoir été pris au sérieux.

Combien de fois cette scène se rejoue-t-elle dans les gendarmeries et commissariats ? Chaque année en France, 60 000 à 70 000 personnes, mineures pour la plupart, s'évaporent dans la nature et sont inscrites au fichier des personnes recherchées – en 2019, environ 580 000 personnes y étaient recensées. Si l'immense majorité de ces disparus réapparaît dans les jours et les semaines qui suivent, près d'un millier demeurent introuvables. Les profils sont très variés : évadés, étrangers visés par une obligation de quitter le territoire, mineurs en fugue ou encore personnes vulnérables introuvables. Dans le même temps, entre cinquante et cent cadavres par an ne parviennent à être identifiés et sont enterrés sous X. Si des protocoles existent pour les mineurs et les personnes vulnérables, gendarmes et policiers ont, pour les majeurs, la responsabilité d'estimer le caractère éventuellement inquiétant d'une disparition. Un exercice périlleux et aléatoire : en France, un majeur est libre d'aller et venir ou de disparaître comme il l'entend, sans nécessairement en informer ses proches.

4.

Traversée par une grosse route d'où partent des rues perpendiculaires qui s'achèvent aux premières pâtures, Blagny m'évoque les villes du Far West. Quatre cents mètres séparent les rues des Acacias et des Deux-Villes, deux de ces parallèles. Dans la première habite la famille Guillaume, dans la seconde ont vécu ensemble Anaïs et Madissone au second semestre de l'année 2012. Le soir du 16 avril 2013, Anaïs, après être rentrée se changer et avoir salué son petit frère, y gare sa vieille Toyota Starlet sur la bande de graviers entre le trottoir et la façade du numéro 7. La maison est divisée en trois appartements, un au rez-de-chaussée et les deux autres à l'étage – Madissone et Anaïs porte gauche, Patricia et sa famille porte droite. Depuis qu'elles ont cessé d'y habiter, les deux amies, ensemble ou séparément, y retournent pour le plaisir de discuter autour d'un café avec celle qui se décrira comme « la maman de cœur » d'Anaïs. Mais cette fois, l'enjeu est d'abord de récupérer 400 euros.

Patricia est assise dans la cuisine. Depuis la fin de l'adolescence, elle est femme au foyer. Nées d'une première union, deux filles vivent dans des rues voisines. Patricia a ensuite eu trois autres enfants – dont Alice, qui a avoué à Anaïs l'avoir volée et s'attend à passer un mauvais quart d'heure. D'autres membres de la famille sont dans leurs chambres à l'étage. Anaïs prend place aux côtés de Patricia. Un café, une cigarette, on échange les dernières nouvelles avant de parler argent.

Philippe Gillet arrive lui aussi, quelques minutes avant ou après Anaïs. Patricia, une semaine plus tard, l'assure aux enquêteurs : quand Anaïs l'a vu, « elle a changé de visage. Je ne sais pas si elle était choquée ou surprise, mais j'ai bien vu un changement. Elle baissait la tête ». La présence de Gillet n'est pourtant pas une surprise, au contraire : les SMS échangés ce jour-là montrent qu'elle l'a sollicitée. Le matin, elle lui suggère d'embaucher Alice sur son exploitation pendant les vacances scolaires, le temps qu'elle rembourse l'argent volé. Gillet n'est pas emballé par la perspective. L'idée de rejoindre Anaïs chez Patricia a surgi dans l'après-midi, pendant qu'ils labouraient l'un de ses champs. À 20 h 05, Gillet lui confirme : *Je serai vers 22 h 30 chez tes voisins. Je t'envoi un sms quand j'y arrive et tu viens 10 min apres. Ok ?* Anaïs répond dans la minute : *ok merci.*

Comme prévu, l'histoire des 400 euros est rapidement réglée. Après avoir grondé Alice, Patricia, pressée de refermer cette parenthèse embarrassante, s'engage à rembourser la somme au plus vite, et même une moitié dès le lendemain. Elle choisit de ne rien dire au père d'Alice « pour ne pas le mettre en rogne ». L'argent sera remis à Gillet qui, d'ici là, l'avancera à Anaïs, soulagée à l'idée de renflouer son compte, à découvert depuis ce retrait survenu le 13 avril à 12 h 54. Dès qu'elle s'en est aperçue, le 15, à l'occasion d'une banale consultation de compte, elle a tout de suite pensé à Alice. Quelques semaines plus tôt, elle lui avait prêté sa carte bleue et donné son code pour qu'elle aille lui retirer quelques dizaines d'euros au distributeur le plus proche, celui du Carrefour Market. Flattée, la collégienne s'était montrée digne de confiance. L'opération avait été répétée. Mais le 13 avril, Anaïs ne retrouve plus sa carte bancaire, la cherche, stresse jusqu'à ce qu'Alice la lui rapporte, expliquant l'avoir dénichée sous le siège conducteur de sa voiture. En réalité, elle vient de retirer 400 euros et de s'acheter deux flacons de parfum et des chocolats chez Carrefour.

Dans la petite cuisine de Patricia, la soirée s'achève. Vers minuit, Philippe Gillet se lève et propose à Anaïs de venir à sa ferme essayer une voiture, récupérée quatre jours plus tôt auprès d'un oncle trop âgé pour conduire. La proposition n'est pas nouvelle : si elle le souhaite, ce véhicule, une Clio dont le compteur a dépassé les 80 000 kilomètres, sera à elle. Mais rien ne presse, Anaïs possède sa Toyota depuis moins de six mois, elle a plus de 20 ans mais roule bien. Aux gendarmes, Patricia raconte la scène : « Anaïs m'a regardée. J'ai expliqué à Philippe que c'était peut-être un peu tard pour essayer une voiture, il m'a répondu qu'elle faisait ce qu'elle voulait et il est parti. Anaïs a baissé la tête, s'est levée et l'a suivi. » Avant de refermer la porte, Patricia, plutôt couche-tard, lui demande si elle compte repasser. « Elle m'a dit oui. » Ils disparaissent dans la nuit. Seule à table, Patricia traîne le temps d'un dernier café. Vers 1 heure, elle écrit à Anaïs : *Tu viens ?* Pas de réponse. Second SMS : *Tu viens quand ?* Toujours rien. Patricia l'appelle. Répondeur, direct. Elle monte se coucher.

5.

Au matin du vendredi 19 avril, Valérie et Fabrice Guillaume retournent à la gendarmerie de Carignan. La veille, ils ont tourné dans le secteur et contacté les amis d'Anaïs. En vain. Elle n'a pas donné signe de vie depuis deux jours et trois nuits. La « disparition inquiétante d'une personne majeure » est signalée et les renseignements d'usage enregistrés : née le 25 juin 1991 à Sedan, 1,69 mètre, 64 kilos, mince, des cheveux blonds mi-longs et raides, des yeux bleus, un piercing sur la langue, un autre au nombril. Le soir du 16, elle portait un jean bleu, un polo à manches longues et un blouson Quechua à petits carreaux. Sur la photo qui accompagne ces lignes, elle fixe l'objectif, sérieuse. Son œil gauche est caché par une mèche.

Sa mère la décrit comme gentille, posée, travailleuse, dotée d'une forte personnalité, attirée par le monde agricole et les chevaux. Son parcours est décortiqué. Elle est allée à l'école maternelle de Blagny, l'école primaire d'Angecourt, le collège de Raucourt, est partie à Verdun en internat pendant trois ans pour une formation spécialisée dans l'équitation, a fréquenté un lycée professionnel agricole où elle n'a pas terminé son cursus. Sur le plan professionnel, elle a été palefrenière à Chaumuzy pendant un an, puis stagiaire dans la ferme de Philippe Gillet dans le cadre d'une alternance, a tenu la caisse d'un magasin de bricolage en Belgique, a passé quelques mois dans une ferme marnaise et, plus récemment, a travaillé dans une usine en Belgique, où elle a achevé un contrat le mois dernier. Depuis le 18 mars, elle est au chômage et perçoit une allocation journalière nette de 28,21 euros. Sur le plan sentimental, sa seule relation notable a été celle avec Philippe Gillet. « Nous avons eu plusieurs fois peur pour notre fille », insistent ses parents en évoquant la plainte qu'elle a déposée contre lui, dix mois plus tôt, auprès de cette même brigade. Au début de l'été, Anaïs est allée habiter dans un appartement à deux rues de chez eux – assez près pour garder un œil sur elle, assez loin pour qu'elle goûte à l'indépendance. Malgré une aide au logement de 117,51 euros mensuels, le loyer devenait impossible à payer et Anaïs, début 2013, est retournée chez ses parents.

Son emploi du temps des derniers jours est retracé. Samedi, elle a rejoint son grand frère qui passait la soirée chez son amoureuse, l'a dépanné de 20 euros pour un poker sur Internet. Tous les trois ont regardé « The Voice » et joué au Scrabble. Anaïs leur a parlé de son nouveau copain, qualifié de « mignon », a mentionné la voiture d'occasion que s'apprêtait à lui proposer Philippe Gillet, perspective que l'amie de son frère s'est permise de lui déconseiller. Anaïs est repartie vers 23 heures, est passée chez Patricia, a joué une partie de rami avant de rentrer chez ses parents. Dimanche, elle a été aperçue sur son cheval, joviale, le long du terrain de football de Sailly. Elle a dîné avec ses parents et son petit frère avant de sortir tard. Lundi, elle est allée à Sedan chez Coiff&Co, dans la galerie de l'hypermarché Leclerc, pour un « balayage de mèches suivi d'une coupe-coiffage » et en a profité pour acheter un shampoing. Elle a déjeuné chez ses parents, est allée aider Gillet à sa ferme, a dîné en famille avant d'aller passer la soirée à Angecourt chez son nouvel amoureux. Le mardi 16, après s'être agacée avec sa mère au petit matin, elle est filmée, peu après 10 heures, dans l'agence du Crédit agricole de Carignan. Elle s'adresse à l'employée au guichet, sort à 10 h 10, revient à 10 h 11, cette fois avec Alice. Devant le distributeur, les deux filles regardent sortir le ticket qui annonce un solde négatif, s'en vont à 10 h 14. Anaïs croise Madissone quelques rues plus loin, passe chez ses parents, laisse du linge sale, roule jusqu'à Sedan pour un rendez-vous à Pôle emploi, retrouve Gillet à son exploitation, passe l'après-midi avec lui dans le tracteur, repasse par chez ses parents, y croise son petit frère, repart chez Patricia et quitte son appartement, accompagnée de Gillet. Depuis, plus rien.

Ses parents ne croient pas à la fugue ou au suicide. Pendant que les enquêteurs envisagent les premières auditions à mener, le mystère de cette disparition connaît un nouveau développement à douze kilomètres de là, de l'autre côté de la frontière.

6.

Francis roule vers les chemins de Chameleux, tranquille. Il les connaît si bien qu'il fait office de garde-chasse dans le secteur. Prisés des randonneurs, ces bois se trouvent à moins de deux kilomètres de la France. En lisière trône l'abbaye d'Orval, bijou de la vallée de la Semois, bénie par l'industrie touristique, plus développée de ce côté de la frontière. Presque à cheval entre les deux pays, l'abbaye cistercienne accueille distinctement les retraitants, en quête d'une bulle hors du monde moderne, et les touristes, pressés de goûter bières et fromages. Sur l'un des panneaux du site, « la promenade de Chameleux » figure parmi celles à ne pas manquer. À quelques centaines de mètres de là, au fond de cette vallée d'immenses hêtres, une demi-douzaine de maisons regroupées et un café-restaurant sans prétention constituent le hameau du même nom.

En cette après-midi du 17 avril, Francis dépasse le carrefour du Quétant, vire à droite vers les habitations, mais, avant d'y arriver, quitte la route goudronnée et tourne à droite pour emprunter un chemin. L'endroit est encaissé, quasiment inaccessible pour un piéton qui ne viendrait pas de la route, à quatre cents mètres de là. Francis coupe le moteur, descend, s'approche. Une voiture. Intégralement calcinée. Il fait le tour du squelette de métal fondu, remarque l'absence de plaques minéralogiques, pose une main sur le capot du moteur. Froid. Celui qui a abandonné ici ce véhicule aura tout fait pour rendre son identification la plus difficile possible. La frontière est à un kilomètre et demi.

Le sexagénaire belge ignore tout de l'intérêt de sa découverte et attend deux jours, jusqu'au 19 avril, pour la mentionner à son référent, un agent du Département de la Nature et des Forêts. Celui-ci lui conseille de contacter le poste de police le plus proche, à Florenville, une petite ville de 5 000 âmes tournée vers la France et le tourisme.

Samedi 20 avril, Fabrice Guillaume, seul, arpente des bois autour de Fromy et Margut, villages où Philippe Gillet vit et travaille. En fin de matinée, Pascal, un de ses proches amis, lui propose : et si on allait en Belgique ? Anaïs y a travaillé, elle y connaissait aussi du monde, non ? Direction Florenville, à un quart d'heure de route de Blagny. Ils tournent dans la ville et les environs, ne voient rien de suspect. Allons au commissariat, suggère Pascal. En début d'après-midi, Fabrice y répète tout ce qu'il sait, mentionne la Toyota Starlet de sa fille. Le policier qui l'écoute percute : comme le véhicule signalé la veille. On peut le voir ? demande Fabrice. Un petit cortège se met en place. Les Belges ouvrent la voie, les Français suivent.

Dans les bois de Chameleux, les fonctionnaires parviennent à relever un numéro de châssis. Sur le siège avant passager, Fabrice croit reconnaître la boîte de tabac et la tubeuse d'Anaïs, utilisée pour fabriquer ses cigarettes. Il appelle Valérie et décrit les objets de leur fille, là, devant lui, détruits par le feu. Dans son salon, Valérie est prise d'un vertige, de ceux qui fouillent les chairs et les âmes. Fabrice lui parle d'espoir, promet de la chercher encore et encore. Mais ce sont deux parents détruits qui raccrochent. Rue des Acacias, Valérie s'effondre.

La confirmation tombe : le numéro de châssis est celui du véhicule d'Anaïs. Les objets qui ont partiellement survécu aux flammes sont placés sous scellés – la clé de contact, un emballage de pilule contraceptive, une pince à épiler, un porte-clés ovale et un document à en-tête du centre hospitalier de Sedan. Ils sont envoyés pour analyse dans l'espoir d'y trouver de l'ADN. La police fédérale belge débarque avec deux chiens pisteurs. Aucun ne marque d'arrêt. Fin du dispositif. En présence d'une substitut du procureur du roi de Belgique, chargée de mener les investigations de ce côté de la frontière, la Toyota est évacuée.

Dans la soirée, la fiche d'Anaïs est diffusée dans l'espace Schengen.

Les enquêteurs belges s'intéressent au siège conducteur de la Starlet, reculé de neuf centimètres. La mesure est reportée sur une voiture similaire, où prend place un policier de la même taille qu'Anaïs. Les pédales restent accessibles, mais l'embrayage s'effectue jambe tendue. Très inconfortable. Anaïs n'a pas été la dernière conductrice de son véhicule.

Fabrice Guillaume rentre en France, conduit par son ami. Deux virages avant la frontière, ils aperçoivent un couple assis sur un banc, à quelques mètres de la route. Égaré dans ses pensées, Fabrice s'attarde sur eux, distingue les traits du jeune homme et se fige : Jérôme. Le petit ami d'Anaïs. Celui qu'elle leur a présenté, un soir à la maison. Elle était radieuse, blagueuse, Jérôme poli, discret. Et le voilà qui réapparaît au fin fond d'un bois belge, aux côtés d'une inconnue, à huit cents mètres de l'endroit où le véhicule calciné de sa fille a été découvert. Fabrice ordonne à son ami de s'arrêter, descend, fonce sur Jérôme et lui lance : « Qu'est-ce que tu fais là, toi ? »

7.

Jérôme et Anaïs ont d'abord été des voisins. Au début de l'été 2012, quand Anaïs et Madissone emménagent au 7, rue des Deux-Villes, premier épicentre de cette histoire, Jérôme y vit depuis près d'un an avec sa compagne, Sylvie. Eux habitent dans le seul appartement du rez-de-chaussée. Pour ce couple, Blagny a l'avantage d'être situé à équidistance de leurs emplois respectifs – elle est secrétaire en Belgique, il est agent d'atelier dans une entreprise basée non loin de Charleville-Mézières.

Au hasard des jours et des heures, Anaïs et Jérôme se croisent ; à peine remarque-t-il le regard d'Anaïs qui, parfois, s'attarde un peu. La fin de l'hiver 2013 est un temps de bouleversements. Anaïs retourne chez ses parents tandis que Jérôme, impuissant, voit Sylvie hospitalisée dans une clinique belge à la fin du mois de mars. Elle va y rester cinq semaines, avec le droit de rentrer chez elle du vendredi après-midi au dimanche soir, vérifient les enquêteurs. Jérôme n'a d'autre choix que de quitter à son tour l'appartement de la rue des Deux-Villes, devenu un gouffre financier. Arrive le jour du dernier coup de balai, avant l'état des lieux. Anaïs, qui sort de chez Patricia, toque à la porte et propose son aide au jeune homme. Il accepte. Au moment de se dire au revoir, ils échangent un baiser et leurs numéros de téléphone – dans le répertoire de Jérôme, Anaïs devient « Arnaud D ».

Au cours des trois semaines qui précèdent sa disparition, ces deux-là partagent quelques moments, souvent des nuits, peut-être trois, cinq, pas plus. À chaque fois, Anaïs arrive tard et repart tôt, vers 7 heures, quand Jérôme s'en va travailler. Ils n'ont aucun rapport sexuel, Anaïs évoquant des douleurs liées à une récente chute de cheval. Si leurs SMS traduisent des sentiments réciproques, Jérôme redoute de quitter Sylvie alors que celle-ci ne va pas bien. Anaïs ne le presse pas. Mais la situation devient intenable. Le jeune homme adresse une longue lettre de rupture à sa compagne. Jamais Anaïs n'y est mentionnée. Dimanche 14 avril, il glisse ce courrier dans la pochette d'ordinateur de Sylvie, qui le découvre à son retour à la clinique. Jérôme et Anaïs, eux, passent la soirée ensemble. À lui aussi, Anaïs apparaît épanouie, amoureuse même au moment de lui confier avoir pleuré de joie lorsqu'il lui a fait part de sa volonté de quitter Sylvie. Le lendemain, Sylvie l'appelle pour comprendre. Rendez-vous est pris pour le samedi suivant.

En attendant l'échéance, Anaïs lui écrit encore un mot doux. Jérôme prévient la sœur de Sylvie de son choix de rompre, s'en excuse, lui demande de prendre soin d'elle. Mardi, pendant qu'Anaïs va chez Patricia récupérer ses 400 euros, Jérôme joue à Starcraft, seul chez lui. Trois jours plus tard, il reçoit un SMS d'un numéro inconnu. *Bonjour, je suis Philippe le copain d'Anaïs j'ai plus de nouvelle est-ce qu'elle est avec toi ?* Pour Jérôme, cette question en amène d'autres. Anaïs, disparue ? Et elle aurait un autre copain ? Et comment ce Philippe connaît-il mon numéro ? Inquiet, il contacte les parents d'Anaïs et apprend l'existence de Philippe Gillet, sa relation compliquée avec Anaïs et l'angoisse qui, depuis des jours, étreint les proches de la jeune femme. À 22 heures passées, il se rend à la ferme de Gillet dont il vient d'obtenir l'adresse mais, en l'absence de l'agriculteur, n'y croise que son commis, occupé à faire boire les veaux. Jérôme s'en va, mais revient sur ses pas et prévient, nerveux : « Si vous connaissez Anaïs, elle est en train de prendre cher de la faute de Philippe. Vous lui direz que Jérôme veut le voir. » Puis il s'en retourne à sa Golf et disparaît dans la nuit.

Le lendemain, Jérôme va retrouver Sylvie en Belgique, où elle est retournée vivre chez ses parents. Le moment s'annonce délicat. À l'arrivée, celle-ci l'attend déjà, au volant de son véhicule. À l'arrière, son berger allemand. Il les rejoint dans l'habitacle. Elle démarre, roule quelques minutes jusqu'à se retrouver en forêt, se gare sur le bas-côté, ouvre une porte pour laisser son chien se dégourdir les pattes. La discussion entre Sylvie et Jérôme commence à peine lorsqu'une voiture noire pile. Un homme en sort. Sylvie ne comprend pas pourquoi ce quadragénaire à l'accent français s'adresse à Jérôme sur un ton familier et hostile. Elle l'entend parler du « véhicule d'Anaïs », retrouvé à moins d'un kilomètre. Fabrice Guillaume la fixe, demande à Jérôme si elle ne serait pas « sa nouvelle copine ». À ces mots, Sylvie comprend qu'à la douleur de la séparation va s'ajouter la trahison. Le père d'Anaïs tourne les talons. Jérôme n'a d'autre choix que d'avouer sa liaison avec leur ancienne voisine. Il ramène Sylvie chez ses parents, puis roule jusqu'à Blagny, pressé d'en apprendre davantage sur la disparition d'Anaïs.

8.

Un mois et demi plus tôt, dans l'appartement de Patricia. Anaïs sort des toilettes en larmes et annonce : ça y est, j'y suis. Son test de grossesse est positif. Le père ne peut être que Philippe Gillet. Elle est enceinte de six semaines et ce n'est pas une bonne nouvelle. Trop jeune, trop précaire, à peine séparée. Le couple n'en est pas à sa première rupture mais la dernière en date, initiée par Anaïs, semble plus solide que les précédentes. Madissone elle-même l'a constaté en accompagnant son amie à la ferme de Philippe pour aider à la traite et caresser les chevreaux. Les anciens amants se font la bise et elle refuse le jeu de regards auquel il se livre. Surtout, il y a ce message d'Anaïs, quatre jours avant de disparaître : *Hey ma poule comment sa va ? il m'arrive trop de truc de ouf. C'est décidé je tourne la page. Je ne suis plus avec philippe mais c'est pas ça le pire. Attention les vélos, tu va etre choqué mdr. Je suis en couple avec Jérôme, il se sépare de sa copine. Du coup si sa se passe bien on envisagera les choses à long termes… Je suis trop heureuse. Mais chut, on ne veut pas qu'elle le sache tout de suite afin de ne pas lui faire de mal. Et toi les amours ? Bisous.* En réponse, Madissone lui souhaite *le bonheur avec Jérôme.* Nouveau SMS de son amie : *Oui jespère que sa va marché. Il a rien a voir avec Philippe. Il est 2 fois mieux. Jespère que sa ira. Mais je ne veux pas m'emballé trop vite. Peur d'être déçu… On verra bien, il faut laissé le temps au choses de se mettre en place.*

Anaïs ne dit rien de sa grossesse à sa famille et opte pour une IVG médicamenteuse. Le 3 avril, elle se rend seule à l'hôpital de Sedan et prend les médicaments nécessaires en présence d'une infirmière. Au docteur qui la reçoit deux jours plus tard et lui prescrit du Doliprane et du Spasfon, elle explique sa grossesse par un oubli de pilule contraceptive. Elle retourne encore à l'hôpital l'après-midi du 16 avril, jour de sa disparition, pour sa consultation post-IVG. Mais elle s'est emmêlée dans les dates, le rendez-vous était prévu pour le 23.

Si la décision d'avorter lui a semblé évidente, l'épreuve est rude pour Anaïs, consciente qu'une page de sa vie se tourne et, peut-être, marque la fin d'une certaine insouciance. Au soir du 7 avril, elle écrit sur Facebook : « Être bien dans sa peau et faire semblant de l'être sa fait 2. Être obligé de passer par la case connerie afin que les gens s'intéressent à vous… Quand les gens veulent vous détruire, ils y arrivent. Envie de partir et de ne jamais revenir, avoir la paix dans ma tête, trouver la tranquillité, arrêté de prendre les décisions des autres afin de faire plaisir et de ne pas pouvoir faire ses propres choix. Partir pour retrouver mes ambitions, mes rêves, me faire oublier, reconstruire et réussir ma vie afin de retrouvé ma fierté et celle des miens, de mes amis, de ma famille. J'aurais aimé ne jamais t'avoir rencontré car ma seule difficulté va être de t'oublié. » Ces derniers mots ne peuvent s'adresser qu'à Gillet. Mais dans les jours qui suivront la disparition de la jeune femme, ils vont alimenter les scénarios d'une fugue ou d'un suicide.

Son ultime message sur les réseaux sociaux est publié le 16 avril à 22 h 47. Alors qu'elle s'apprête à arriver chez Patricia, elle poste ces paroles de la chanteuse Kareen Antonn : « Il était une fois une femme amoureuse / Peut-être un petit trop rêveuse / Tant pis si j'en pleure / Tu as tous les droits sur mon cœur. »

Dimanche 21 avril, des gendarmes perquisitionnent le domicile des Guillaume. La procédure, s'excusent-ils face à des parents englués dans d'épouvantables pensées, remontés contre ces militaires qui paraissent les traiter en suspects quatre jours après avoir semblé ne pas les prendre au sérieux. « Mais vous croyez qu'on a tué notre fille ? » explose Valérie Guillaume. Un gendarme se présente et la rassure : Didier Turk, désigné directeur d'enquête, depuis plus de dix ans à la section de recherches de Reims, la « SR », l'unité territoriale sollicitée pour les investigations complexes. Vite, ce quinquagénaire athlétique, Ardennais pur jus, lui dit ce qu'elle désespérait d'entendre : lui et son équipe prennent cette affaire au sérieux et savent qu'elle et son époux n'y sont pour rien.

L'ordinateur partagé par Anaïs et son grand frère est expertisé. Au cours des dernières semaines, elle a passé des heures sur Facebook, échangé avec des amis, écouté des musiques sur YouTube, le plus souvent Carla Bruni, Patrick Bruel, Adele et Parov Stelar. Tard dans la nuit, elle a recherché « les plus belles chansons d'amour en français », enchaîné Goldman, Nougaro et Cabrel, découvert « Les Mots bleus » de Christophe. À d'autres heures, elle a effectué des recherches sur l'IVG, regardé les offres d'emploi dans le monde équestre. Le 7 avril, elle a déposé sa candidature pour un CDI de cavalier/soigneur dans un haras de l'Orne, à cinq cents kilomètres de Blagny, joint son CV à une courte lettre dans laquelle elle se décrit comme « motivée, autonome, polyvalente ».

Sa brosse à dents est saisie afin d'établir son profil génétique, baptisé « X1 ». Après le départ des gendarmes, Valérie Guillaume retrouve une lettre non datée de sa fille qui, d'une écriture ronde et appliquée, note : « J'ai le cœur en vrac et si je dérape c'est parce que t'es parti aussi vite que t'es arrivée. Et tu en es allée avec un bout de moi, maintenant tout ce qu'il me reste c'est juste une photo de toi, la musique qui s'arrête, le rideau qui se baisse, et mon soleil disparaît quand les lumières s'éteignent. » Des mots extraits d'un titre de M. Pokora, « Juste une photo de toi ».

Ses deux comptes bancaires sont placés sous surveillance. Au 19 avril, le courant, dans lequel Alice s'est servie, affiche un solde de – 450,37 euros tandis que le compte épargne surnage à + 170,55 euros. Aucun retrait n'a eu lieu depuis sa disparition. Aucun montant suspect n'est relevé. Le 14 avril, Anaïs a acheté sur le site de la Fnac deux places pour un concert de Pierpoljak, prévu le 18 mai à Lucquy, dans le sud des Ardennes. Le 10 avril, elle a dépensé 79,69 euros pour une guitare acoustique repérée sur Cdiscount et, le même jour, entamé des démarches pour être bénévole aux Jeux mondiaux équestres, programmés en Normandie cette année-là. Pas exactement le comportement de quelqu'un qui envisage de mettre fin à ses jours.

Dans la nuit du 16 au 17 avril, peu après son départ de l'appartement de Patricia, son portable a accroché une dernière antenne-relais, au lieu-dit Saint-Walfroy, non loin du domicile de Philippe Gillet. Il a disparu des radars à 4 h 47 du matin et, depuis, ne borne nulle part. Il est temps d'entendre la dernière personne à avoir vu Anaïs en vie.

9.

La première audition de Philippe Gillet se déroule l'après-midi du dimanche 21 avril, dans les locaux de la brigade de Carignan. Cinq jours après la disparition d'Anaïs Guillaume. Les deux militaires qui lui font face connaissent les grandes lignes de sa biographie. L'homme a eu 40 ans trois mois plus tôt. Il est le père de deux filles, nées en juillet 2000 et juillet 2003, est veuf depuis le décès accidentel de son épouse, le 3 janvier 2012. Il a trois frères aînés, nettement plus âgés que lui – de 15 à 19 ans. Dès le début de son adolescence, il a aidé ses parents à la ferme. Il a ensuite décroché un bac agricole, avant, à 24 ans, de reprendre l'exploitation familiale, composée d'un élevage de vaches laitières et de production céréalière. Sous son impulsion, l'exploitation est passée de 54 à 160 hectares tandis que le quota laitier a bondi de 80 000 litres à près de 500 000. Cette expansion est un motif d'intense fierté pour cet enfant du pays.

Les gendarmes remontent le fil de sa relation avec Anaïs, débarquée un an et demi plus tôt sur son exploitation dans le cadre d'une alternance avec son lycée agricole. C'est la première fois qu'il accepte une stagiaire. Quand son épouse, Céline, meurt quatre mois plus tard, Anaïs est là pour lui. « C'est ma puce, je lui dois la vie », insiste-t-il. Au point, dès le mois suivant la mort, d'entamer avec elle une liaison qu'il qualifie de « sulfureuse ». « Aujourd'hui, quelle est la nature exacte de votre relation ? interroge l'enquêteur.

— Il s'agit de ma compagne. »

Il brandit son téléphone, montre les SMS envoyés par Anaïs au matin du 16 avril, dans lesquels elle lui demande si elle peut sortir ses chevaux ou s'il vaut mieux attendre que l'herbe soit plus haute, puis s'il accepterait de prendre sur son exploitation Alice, une adolescente qu'il ne connaît pas, le temps de rembourser les 400 euros qu'elle vient de lui voler. La suite est connue des gendarmes : au soir du 16, un accord de remboursement est vite trouvé avec Patricia, et Gillet repart chez lui dans la nuit, suivi d'Anaïs, venue essayer la voiture qu'il compte lui offrir.

Personne n'est en mesure de contredire la suite de son récit.

Chacun dans son véhicule, Anaïs et Philippe roulent jusqu'à Margut. Le trajet dure moins de dix minutes. Ils essaient ensuite la voiture, le temps d'un aller-retour à Linay, seul village entre Blagny et Margut. De retour à la ferme, il lui remet 400 euros pour qu'elle cesse de s'inquiéter. Puis ils montent à l'étage, font l'amour et s'endorment. Quand Philippe Gillet ouvre un œil en pleine nuit, peu après 4 heures du matin, Anaïs n'est plus dans le lit. Il se lève, va à la fenêtre, s'aperçoit que sa Toyota Starlet n'est plus dans la cour. À 4 h 31, il lui envoie un premier SMS : *Merci pour cette belle soirée et ce câlin magique. Tu aurais pus me réveiller quand tu est parti. Belle nuit. Bisoussssssssss.* Un second message reste également sans réponse. Gillet se rendort. Cinq jours plus tard, le voilà lui aussi en quête de réponses et réduit à des suppositions : « Je ne comprends pas pourquoi elle agit de la sorte. Je ne sais pas dans quelle histoire elle a pu se mettre, mais je pense qu'elle a contracté une dette et ne sait pas comment sortir de cette affaire. » Le récent avortement d'Anaïs est abordé. Il explique : « En début d'année, par manque d'argent, elle ne s'est pas payé la pilule. Sauf qu'elle a joué et qu'elle est tombée enceinte. » Quand Anaïs lui a annoncé sa grossesse, il a compris que « ça devait être un accident, même si ça fait longtemps qu'elle dit qu'elle me fera un petit garçon ». S'il se considère prêt pour une nouvelle paternité, la décision d'avorter a, selon lui, été prise d'un commun accord. Madissone et d'autres vont contredire cette version, assurant que Gillet a, au moins dans un premier temps, mal pris le choix d'Anaïs de ne pas garder leur enfant. L'avoir laissée seule à l'hôpital pour y subir une IVG n'a pas été sa meilleure décision, Gillet le sait, au point de se demander « si ça va me revenir dans la gueule ». Après deux heures d'audition, l'agriculteur quitte la gendarmerie. Aucune charge n'est retenue contre lui mais la chronologie de la disparition d'Anaïs fait de lui un suspect. Le soir même, un deuxième interrogatoire l'attend : Valérie et Fabrice Guillaume lui ont demandé de venir chez eux pour s'expliquer. En attendant, il retourne à son exploitation, travaille l'un de ses champs, dîne et, à la nuit tombée, roule jusqu'à la rue des Acacias. C'est la seconde fois qu'il se rend chez les parents d'Anaïs.

Plus personne ne peut préciser la date de la première rencontre, seulement que c'était un dimanche de mars ou avril 2012, avant la plainte pour violences déposée le 3 mai par Anaïs. Ce jour-là, Gillet, au volant de son 4 × 4, est accompagné de Nicolas, son commis, et d'Anaïs, sa stagiaire de 21 ans, dix-huit de moins que lui, devenue son amante. Après avoir passé la journée à travailler à la ferme, tous les trois ont décidé d'aller boire un verre. Anaïs tient à passer chez elle pour se changer, c'est l'affaire de quelques minutes. Les deux hommes l'attendent dans le véhicule pendant qu'elle découvre ses parents, entourés d'amis, sur la terrasse. Ses frères sont là, eux aussi. Elle salue tout le monde, prévient qu'elle ne reste pas car Philippe et son commis l'attendent. Trois minutes plus tard, elle redescend de sa chambre, maquillée et vêtue d'une minijupe noire. Elle s'est déjà habillée de la sorte pour partir en soirée avec des copines, jamais pour retrouver son patron et un autre homme dont ses parents ne savent rien. En la découvrant ainsi au pied de l'escalier, Valérie tranche, polie mais ferme : « Non, tu ne vas pas les rejoindre comme ça, remonte te changer. » Refus d'Anaïs, certaine d'avoir passé l'âge d'entendre sa mère lui dicter ce genre de choses. Le ton monte. Chacune campe sur ses positions. Autour d'elles, personne n'intervient. Gillet, qui s'impatiente, sonne. Valérie ouvre, furieuse. Derrière elle, dans le petit couloir, l'agriculteur aperçoit Anaïs. « Tu viens ? » lance-t-il. Valérie s'interpose, prête à certifier qu'Anaïs ne décidera pas de tout tant qu'elle vit sous son toit. Gillet, posture autoritaire, se fait cassant avant de rebrousser chemin. Valérie referme la porte. Face à elle, Anaïs, les joues empourprées par la colère, les yeux en feu. Valérie : « T'as une relation avec lui, c'est ça ? » Anaïs dément. Mère et fille se jettent au visage des mots qui blessent.

Cinq mois avant cet épisode, déjà, une amie de Valérie lui a rapporté une curieuse rumeur. À un barbecue où elle était invitée, des hommes s'échangeaient regards appuyés et sous-entendus graveleux au moment d'évoquer Gillet et sa jeune employée, *la petite blonde arrivée en septembre*, apparemment ces deux-là étaient *vraiment* proches. Valérie est incrédule. Cet homme est marié, deux fois plus âgé que sa fille. Surtout, il est son patron. Pour Fabrice et Valérie, enfants du monde ouvrier, ce lien hiérarchique supplante tous les autres. La perspective apparaît invraisemblable.

Le soir même, Valérie confronte Anaïs à ces bruits qui courent d'un village à l'autre. Sa fille se défend, convaincante, s'agace de ces ragots qui ciblent toujours celles qui tentent de se faire une place dans le monde agricole, très masculin. Valérie chasse ses idées, regrettant d'avoir osé douter de sa fille.

Mais au printemps 2012, la guerre est déclarée après que Valérie a fermé la porte à Gillet. Le lendemain, Anaïs, mâchoire serrée, prend soin d'en dire le moins possible avant d'aller travailler chez ce dernier. Les jours suivants, les questions les plus banales suffisent à tout faire dérailler, la colère de l'une alimente celle de l'autre et Valérie, triste, voit le conflit s'enliser. Fabrice, qui roule deux cents kilomètres par jour pour se rendre à un travail qui l'astreint aux trois-huit, semble impuissant.

21 avril 2013. Quand Philippe Gillet pénètre à leur domicile, Valérie et Fabrice ne l'invitent pas à s'asseoir. Appuyé contre un mur du salon, il fait face aux interrogations pressantes de Fabrice et répète ce qu'il a raconté aux gendarmes : quand il s'est réveillé, Anaïs était partie. Questions et réponses tournent en boucle avant que Valérie, jusqu'alors silencieuse, lance, glaciale : « Vous l'avez tuée, c'est ça ? » L'agriculteur semble vaciller, sa respiration se hache, son visage se tord. Les parents Guillaume scrutent ces pleurs sans larmes. Joue-t-il la comédie ? Ils ne savent que penser et luttent contre le chagrin, les envies de vengeance, la peur de tout perdre. Il est plus d'1 heure du matin, trop tard pour se forger

une conviction. Soudain, Gillet semble se ressaisir, aperçoit l'ordinateur dans un coin de la pièce et demande la permission d'écrire un message sur le Facebook d'Anaïs. Fabrice et Valérie, sceptiques, acceptent, s'interrogent du regard en l'entendant pianoter sur le clavier jusqu'à le voir se retourner et lancer : « Je lui ai fait ma demande en mariage. » Ils sont abasourdis.

En retour, Valérie lui promet qu'il ne passera jamais d'alliance au doigt de sa fille et qu'elle et Fabrice ne le lâcheront pas avant d'avoir retrouvé Anaïs. Gillet part dans un silence pesant. Les époux lisent le message à l'écran : « Coucou ma poulette, c'est ton ange, où es-tu ? Pourquoi ne me donnes-tu pas de nouvelles ? Tu sais que je ne supporte pas de rester sans news, mardi j'ai été fier de toi comme jamais, on a discuté et tout remis à plat, tu étais contente de ta nouvelle voiture et tu va avoir un nouveau cheval, tes parents ont fait l'effort pour qu'on renoue, tout est ok, alors ne me laisse pas et nous laisse pas dans l'inconnu, tout le monde sera ravi de te retrouver et je te rassure personne ne te reprochera quoique ce soit, même Charline nous enviait la dernière fois parce qu'on était toujours ensemble, tu ma dit : philippe gillet, je t'aime et tu es l'homme de ma vie, moi aussi je t'aime anais guillaume et je voudrais que tu devienne ma femme mais pour ça, REVIENS, bisousssssssss. »

Quatre jours plus tard, le 25 avril, Gillet est de nouveau auditionné, cette fois par deux militaires de la section de recherches. L'interrogatoire débute après 22 heures et s'achève peu avant 3 heures du matin. Son emploi du temps des jours précédant la disparition d'Anaïs est passé au crible. Le dimanche 14, il est à la ferme avant qu'Anaïs ne vienne le chercher à la tombée de la nuit. Ils vont manger au McDonald's de Sedan, rentrent chez lui, font l'amour. Elle repart vers 1 heure. Le 15, il se réveille à 7 heures, se rend au tribunal de Sedan pour régler une facture impayée, rentre, mange un sandwich, laboure jusqu'à ce que son tracteur soit à sec, dîne avec Nicolas, son commis, revient chez lui, se douche et s'endort. Mardi 16, il vérifie le fonctionnement du robot tout juste mis en place pour la traite des vaches, prend le petit déjeuner avec son commis, va emprunter une cuve de mille litres à l'un de ses frères, revient à la ferme, se rend avec Nicolas chez un marchand d'engins agricoles, y achète une pompe, l'installe sur la cuve, fait le plein, croise Anaïs le temps de lui payer 40 euros d'essence au Carrefour de Blagny – un ticket édité à 12 h 23 l'atteste – puis revient à la ferme, mange, va chercher Anaïs chez ses parents, passe l'après-midi à labourer ses champs, installé avec elle dans la cabine de son tracteur, la ramène rue des Acacias, retourne à la ferme vérifier que la traite des vaches se passe bien, dîne chez Nicolas et, enfin, se rend chez Patricia pour régler cette histoire des 400 euros. « Je voyais bien que ça la tracassait, comme si elle avait prévu de faire quelque chose avec cet argent », glisse-t-il, ajoutant, suspicieux : « Sur certains sujets, elle est secrète. »

Les heures qui suivent, décisives, sont de nouveau décortiquées. Gillet relate encore l'aller-retour à Linay pour essayer la voiture destinée à Anaïs puis leur relation sexuelle à la ferme, avant de s'endormir devant BFM, un rituel depuis le décès de son épouse. Les gendarmes resserrent leurs interrogatoires. Quand il s'est réveillé, son réveil indiquait 4 h 31, précise-t-il. Au vu de l'absence d'Anaïs et de sa voiture, il a envoyé un premier SMS pour lequel « il y avait l'accusé de réception comme quoi elle avait eu le message », explique-t-il. Elle n'a pas répondu, alors il en a envoyé un second « et là, il y n'y a pas eu d'accusé de réception ». Après réflexion, il commente, déçu : « Plus ça va et plus je me dis que je ne la connaissais pas si bien que ça. »

Voilà une semaine qu'elle n'a pas donné signe de vie. Son téléphone ne borne plus, aucun retrait d'argent n'a eu lieu. L'agriculteur assure ne pas être inquiet. Cette histoire ne serait qu'un épisode supplémentaire de leur relation tumultueuse : « C'est fini tous les quinze jours, mais durant les quinze jours où on n'est plus ensemble, on se manque, alors après, on recolle. » Les enquêteurs lui demandent si l'arrivée de Jérôme dans l'existence d'Anaïs n'aurait pas compliqué l'équation, déjà pas simple. Gillet, qui ne s'estime pas jaloux, balaie l'hypothèse, sûr de lui, persuadé qu'Anaïs allait seulement « fumer la moquette » chez ce jeune homme.

Avant de repartir, Gillet laisse aux militaires les deux téléphones en sa possession – le sien et celui de son épouse, conservé depuis le décès de celle-ci, quinze mois plus tôt. Le major Turk, qui n'a rien raté de l'interrogatoire, y jette un œil rapide. Surprise, le directeur d'enquête découvre dans l'historique du téléphone de Céline Gillet deux appels émis le 17 avril à 4 h 18 et 4 h 20 du matin. Gillet n'a jamais mentionné l'utilisation de ce portable au cours de cette nuit. Interrogé, l'intéressé avoue ne pas comprendre, explique que le numéro de son épouse est resté actif mais que personne n'utilisait cet appareil, posé sur un meuble de la cuisine. En fouillant sa mémoire, il se souvient qu'Anaïs s'en était servi un jour où elle s'est retrouvée privée de crédit, et que ce téléphone avait aussi pu dépanner son commis. En tout cas, il n'est pour rien dans ces deux appels, assure-t-il avant de quitter la gendarmerie.

10.

Situé dans le petit centre de Carignan, le magasin All'Sport ouvre ses portes à 9 heures. Ce mardi 23 avril 2013, Marie-Christine, la gérante, s'active dans les rayons, aidée d'une stagiaire. Moins d'un quart d'heure plus tard, un couple d'adolescents pousse la porte, achète deux casquettes, une blanche pour adulte et une rose pour bébé, une paire de baskets pointure 19 et un maillot de l'équipe de football de Lyon. À la caisse, la fille signe un chèque de 159 euros. La somme est assez importante pour que Marie-Christine demande un justificatif d'identité. Elle n'en a pas. Le garçon à ses côtés intervient, lui en a un, le montre, ce qui suffit à la gérante. Le duo s'en va, les bras chargés. Peu après, Marie-Christine rattrape un souvenir en fuite : ce couple est déjà passé le week-end dernier. La fille avait mal rempli un chèque déjà signé, Marie-Christine l'avait refusé et la gamine en avait sorti un autre de son sac, tranquille. Avec son copain, elle venait d'acheter un ensemble sport pour bébé, un ballon de foot et une paire de baskets pour adulte. Cette fois, le montant frôlait la centaine d'euros.

À sa pause déjeuner, Marie-Christine feuillette *L'Ardennais* du jour. Pour la première fois, le quotidien évoque en une la disparition d'Anaïs Guillaume et relaie l'appel à témoins qu'ont décidé de lancer, la veille, magistrats et enquêteurs. Sous la photo d'Anaïs, celle où elle pose avec un chaton, le numéro de la brigade de Carignan. De retour au magasin, Marie-Christine pense à ce couple aux traits si juvéniles et aux dépenses si importantes… Ellc reprend leur chèque. Sur ses talons, la stagiaire explique les connaître depuis le collège, elle sait qu'ils vivent toujours dans le quartier du vieux Blagny. En jetant un œil au chèque tenu par Marie-Christine, la stagiaire se fige en découvrant le nom griffonné en signature : Guillaume. Elle le dit comme un réflexe : ces deux-là s'appellent Léa et Jessy, leur nom n'est pas Guillaume. Marie-Christine détourne le regard et lit le nom de la propriétaire du chéquier : Anaïs Guillaume. Celle qui a disparu. La gérante se précipite pour appeler la brigade de Carignan. Elle ne peut que l'ignorer : Jessy est le grand frère d'Alice, l'adolescente qui a dérobé 400 euros à Anaïs.

Léa et Jessy sont vite entendus. Ils ne se reprochent rien, pas même d'avoir utilisé le moyen de paiement d'une personne recherchée. Trois semaines plus tôt, Anaïs leur aurait donné deux chèques pour les remercier de l'aide apportée lors de son déménagement de la rue des Deux-Villes, leur demandant seulement de ne pas dépenser plus de 200 euros. Un seuil qui sera tout de même dépassé. Au vu des finances d'Anaïs, ce récit ressemble fort à un mensonge. Léa, en revanche, reconnaît avoir imité la signature d'Anaïs. Pour le reste, ils assurent ne pas s'inquiéter de la disparition de leur « amie ». Jessy, qui n'a ni diplôme ni revenus, et passe ses journées à jouer au foot et aux jeux vidéo, justifie : « On m'a dit qu'elle avait été vue à Stenay au volant d'un break bleu, du coup je me suis dit qu'elle allait bien, donc j'ai profité de ces chèques. » Léa, elle, croit savoir qu'Anaïs est partie dans l'ouest du pays avec Philippe Gillet.

11.

Des deux côtés de la frontière, l'enquête prend de l'ampleur. Hôpitaux, cliniques et centres équestres sont contactés. Un hélicoptère équipé d'une caméra thermique survole les parcelles de Philippe Gillet. Le domicile de Jérôme est perquisitionné, son téléphone analysé. Autour de Fromy, Linay, Blagny, les bois sont ratissés par les gendarmes. Des contrôles nocturnes sont menés. La solidarité s'organise auprès des Guillaume.

L'avis de recherche diffusé dans des médias belges et français provoque une avalanche d'appels et, parfois, de vérifications. Anaïs est partout : à l'arrière d'une voiture conduite par un homme ; à l'entrée d'une station-service le long d'une autoroute belge ; en train d'entrer dans un café, toute vêtue de noir ; ou en train de traverser une voie rapide – « elle m'a paru triste, paumée, même quelqu'un de timide ne regarde pas comme ça », raconte une vendeuse aux gendarmes. À Margut, où est établi Philippe Gillet, un homme chargé de l'entretien des espaces verts et des voiries, qui a déjà croisé Anaïs Guillaume, l'aperçoit, le 21 avril, au volant d'une berline – « Nous nous sommes fixés dans les yeux et chacun a poursuivi sa route. » À Paris, une contrôleuse de la SNCF voit le visage d'Anaïs au journal de M6 et fait le lien avec cette jeune femme qui lui a posé problème le soir du 19 avril, à la gare du Nord, en tentant d'embarquer sans billet dans un train pour Bruxelles. Cette employée avait dû appeler deux collègues en renfort, lesquels, interrogés, assurent aussi reconnaître la fille de l'avis de recherche – mais tous les trois la décrivent avec des lunettes, qu'Anaïs n'a jamais portées. Dans l'Est parisien, elle est aperçue dans un McDonald's, égarée à une table. À Calais, un fonctionnaire de la police aux frontières l'identifie, accompagnée d'une fille et en partance pour l'Angleterre. À Istres, elle est vue avec des marginaux, non loin d'une manifestation équestre. Ailleurs, un homme assure qu'elle vient de lui claquer en pleine figure la porte du bar où il a descendu une demi-douzaine de bières.

Médiums, voyants et radiesthésistes se pressent de relater leurs certitudes. Anaïs est calcinée. Anaïs est au fond d'un puits, près de la Chiers, une rivière proche de l'exploitation de Philippe Gillet. Anaïs est noyée, « quelque part entre Florenville et Charleville-Mézières, c'est certain à 99,9 % ». Anaïs est sous un tas de fumier. Anaïs est morte à Fagny, en Belgique. Anaïs est en vie mais perdue, et elle a mal au cœur. Une femme se prétendant habilitée au secret-défense déclare l'avoir vue, souriante, dissimulée sous une perruque aux boucles brunes et aux reflets violets. Une lettre anonyme envoyée aux enquêteurs, la première d'une longue série, assure qu'Anaïs se prostitue. Une adresse est donnée, à moins de dix kilomètres de chez les Guillaume. Les gendarmes débarquent dans la maison d'un couple sans lien avec Anaïs et inconnu de la justice. La France de Clouzot, peuplée de « corbeaux » aux ailes lestées de mensonges et de rumeurs empoisonnées, montre son visage.

Valérie et Fabrice Guillaume mènent aussi leur enquête pour ne pas sombrer. Chaque jour, en France ou en Belgique, seul ou accompagné, à pied ou en quad, Fabrice, qui a arrêté de travailler, fouille des bois, scrute des chemins, inspecte des champs. Le soir, à son retour, la zone est hachurée sur une carte qui ne quitte plus la table du salon. Lorsqu'elle ne l'accompagne pas, Valérie épaule leurs fils, aspirés par la même obsession – leur sœur est-elle en vie ? Pour avoir laissé leurs coordonnées sur les affiches et les réseaux sociaux, le couple reçoit des douzaines d'appels d'inconnus soucieux de relater un élément suspect, proposer leur aide, offrir leur compassion. Le soir du 30 avril, un message s'affiche sur le téléphone de Fabrice : *T'es où Anaïs, là ?* Ces mots fendent l'âme aussi sûrement qu'un couteau. Fabrice appelle les gendarmes. Le numéro est tracé. Deux enquêteurs se retrouvent face à un homme suivi en psychiatrie depuis des années, à peine capable de lire. Une fille qui a disparu, ça me rend un peu triste, explique-t-il.

Au soir du 1er mai, quelques heures après m'avoir reçu chez eux pour la première fois, les parents d'Anaïs attendent l'arrivée de Jérôme. Comme pour Gillet dix jours plus tôt, cette invitation a l'allure d'une convocation. L'objectif est identique : questionner encore et encore, tester, pousser dans ses retranchements et observer. Si Gillet n'a donné aucune nouvelle depuis son improbable demande en mariage, Jérôme a contacté plusieurs fois les Guillaume pour savoir s'il y avait du nouveau. Jamais ils ne se sont revus depuis qu'Anaïs les a présentés, à l'exception de la rencontre inopinée entre Fabrice et Jérôme dans les bois de Chameleux. Les Guillaume ne veulent écarter aucune piste, ce qui revient à soupçonner tout le monde. Avant l'arrivée du jeune homme, Fabrice demande à son fils aîné d'enregistrer la conversation pour la remettre au major Turk. En début de soirée, Jérôme se gare dans la rue des Acacias, bouleversé. Il vient d'écouter les paroles de « Someone like you », cette chanson d'Adele que lui avait recommandée Anaïs d'un regard entendu. Il réalise que cela équivaut à une brûlante déclaration d'amour. Aurait-elle osé en parler à Gillet ? Ce dernier ne l'aurait-il pas supporté ? Il veut en discuter avec les Guillaume mais, en poussant la porte de chez eux, ne croise que des regards méfiants, presque menaçants. La rencontre, tendue, dure trois quarts d'heure, le ton monte lorsque Jérôme peine à clarifier ses souvenirs de la soirée du 16 avril – il était seul chez lui, personne ne peut le confirmer. Dans ce salon, la moindre hésitation prend une apparence d'aveu.

Entre cette famille rongée par l'insoutenable et celui qui comprend qu'il est désormais suspecté, la conversation, hachée, fiévreuse, n'apporte aucun élément nouveau.

12.

La détresse des parents d'Anaïs m'a secoué. Au cours de notre entretien, ce même 1er mai 2013, leurs soupçons à l'encontre de Philippe Gillet, formulés avec les précautions d'usage, n'ont pas été dissimulés. Du côté des enquêteurs et du procureur de Charleville-Mézières, on me répète que personne n'est soupçonné car il n'y a « aucune distorsion fondamentale entre les éléments rapportés et les différentes versions ». Seule certitude, Philippe Gillet reste la dernière personne à l'avoir vue en vie.

J'obtiens son contact par un familier du monde agricole. Je l'appelle de mon bureau, à Charleville-Mézières. Sa voix est celle d'un homme pressé, peut-être stressé. Je lui propose de nous rencontrer. Silence, il hésite, explique n'avoir jamais parlé à un journaliste, « et puis à quoi ça va servir ? ». J'ai préparé mes arguments : sans doute un peu plus que n'importe qui d'autre, il est suspecté d'être responsable de la disparition de son amie ou ancienne amie, qu'importe. S'il n'y est pour rien, autant raconter sa vérité, non ? Je m'engage à ne pas écrire son nom, ni à le prendre en photo. Il finit par accepter. Rendez-vous est pris pour le lendemain après-midi, au bar-brasserie d'un village, à mi-chemin entre sa ferme et ma rédaction. Je préfère ne pas y aller seul. Mieux vaut être deux pour jauger un inconnu dans un tel contexte. Bernard, qui a signé les premiers articles à la suite de l'avis de recherche, accepte de m'accompagner.

Cernée par des murs de pierres blondes, la place du village est déserte. Nous entrons dans le bar, vide. Bernard s'installe, prêt à commander une bière. Je ressors et attends Gillet, dont j'ignore l'apparence. L'air est tiède, le ciel sans nuages et le silence propice à la réflexion. Cinq minutes plus tard, un véhicule utilitaire se gare sur le petit parking au milieu de la place. J'adresse un signe de la main au conducteur, il opine – c'est lui. Je m'approche. Il baisse la vitre et me lance : « Allez, monte, on va aller discuter dans les champs, on sera plus tranquilles. » Surpris, je refuse, pas tout à fait rassuré à la perspective de lui demander à l'abri des regards : et alors, vous l'avez tuée ou pas ? J'explique que ce n'est pas ce qui était prévu et, argument-massue, que je ne suis pas venu seul. Je distingue seulement le haut de son corps et, comme un réflexe, je pense : il est plus costaud que moi, je perdrai le contrôle si ça déraille. Il insiste, alors j'abrège : soit nous rejoignons le café, soit l'entretien est annulé. Il secoue la tête, mais coupe le contact et descend. Philippe Gillet a les épaules larges, le menton relevé, la mâchoire volontaire, le pas assuré. De cet homme revêtu d'une combinaison agricole se dégagent une extrême virilité, une étonnante sensation de force.

Je l'ignore mais il a passé la matinée entouré de gendarmes. Le sous-sol et les deux niveaux de son domicile de Fromy ont été passés au Bluestar, ce produit chimique qui s'oxyde au contact de l'hémoglobine et, dans l'obscurité, produit une luminescence bleutée qui révèle la présence de sang. Au fond de l'exploitation, non loin des étables, trois plongeurs venus de l'Aube, en combinaisons intégrales, ont sondé le bassin de décantation et les fosses à lisier. Là encore, aucune trace d'Anaïs.

Je le laisse entrer devant moi, lui désigne mon collègue. Je veux les présenter, mais il lève une main pour m'interrompre et annonce qu'il préfère s'installer au fond de la salle, loin de l'entrée, alors que nous sommes seuls. Bernard me regarde, surpris, se lève. Une jeune serveuse sort des cuisines pour nous demander d'une voix timide si nous pouvons rester là où était assis Bernard car elle est chargée d'installer le couvert pour le soir. Gillet la coupe : « Non, on va quand même se mettre là parce que c'est moi qui décide. » Et il s'assoit. Je sors un cahier et un stylo de mon sac, décontenancé. Depuis la veille, je pensais rencontrer un homme pressé de clamer son innocence sur tous les tons, inquiet du sort de celle qui a sans doute été, et est peut-être encore, son amour. Je le supposais fragilisé par la tempête. Après cette entrée en matière autoritaire, caricaturale, Gillet, plutôt que d'attendre une première question, moque mon article dans lequel les parents d'Anaïs s'expriment : « Mais Anaïs, vous en faites une sainte dans le journal… » Prêt à jouer l'élève, je demande pourquoi elle n'en est pas une. Sûr de sa force et de celle de son argument, Gillet me répond : « Elle a volé des selles. » J'attends la suite mais sa démonstration est déjà finie. J'en reste abasourdi, au point de ne pas lui en demander davantage sur ces selles. Je pense : voilà quelqu'un qui aurait tué ou séquestré son amante ou ex-amante et qui, pour s'innocenter, choisit de salir sa réputation avec une histoire dérisoire. Il n'y a pas pire défense que d'attaquer une victime, entend-on souvent dans les salles des pas perdus des tribunaux. Le silence devient embarrassant. Bernard vient à mon secours et le relance avec un tutoiement que je sais naturel mais qui, je crois, déconcerte Gillet : « Mais alors Anaïs, tu l'aimais ? » Il assure que oui, alterne le présent et le passé pour raconter leur relation. La serveuse dépose des cafés et bat en retraite. Plus posé, Gillet se dit soucieux de calmer cette rumeur qui ferait de lui le coupable idéal. L'instant d'après, il maugrée encore : « On n'est pas tendre avec moi dans cette affaire… J'ai quand même mes enfants à protéger, moi ! » J'apprends que ses deux filles sont âgées de 10 et 13 ans. Je l'interroge sur les débuts de sa relation avec Anaïs, qu'il situe en février 2012 – j'ignore alors que son épouse est décédée le mois précédent. Au printemps, Anaïs démissionne mais l'idylle continue. J'étais amoureux, admet-il d'un sourire, son premier, dans lequel je crois déceler un éclair de connivence, avant de développer : « C'était déjà arrivé que tout se passe bien, qu'elle parte sans donner de nouvelles pendant quatre, cinq jours, et qu'elle envoie un message puis que ça reparte comme en 14 pendant dix jours. » J'aborde l'épisode des violences qu'aurait subies Anaïs, mentionné par ses parents et pour lequel un enquêteur m'a glissé qu'aucune condamnation ou mise en examen n'existait à ce sujet. Il hausse le ton : « Je n'ai jamais, jamais frappé une femme. Anaïs avait parfois des excès d'humeur, c'était le cas ce jour-là. Pour la calmer, je l'ai plaquée au sol et sa tête a cogné par terre. » On aborde la nuit de sa disparition et ce moment où il a découvert qu'Anaïs n'était plus là. Comment a-t-il pu ne pas l'entendre partir ou démarrer ? « J'habite à côté de la route nationale, de la voie ferrée… J'ai le sommeil vraiment lourd. » Il assure ne pas être inquiet. Elle serait donc allée brûler sa voiture en Belgique en pleine nuit avant de partir à pied, seule au milieu des bois et sans argent. Compliqué, non ? « Je pense qu'elle est loin et en vie, enfin j'espère… Après, peut-être qu'il y a eu une mauvaise rencontre, comment savoir ? » Nous nous faisons face depuis une heure. L'étrange entretien touche à sa fin. Nous le raccompagnons à son véhicule et il ajoute : « Anaïs et moi, depuis le début, il y avait un côté vivons heureux, vivons cachés. Elle était heureuse avec des choses simples, pas fan du milieu bourgeois… » Alors qu'il n'a jamais semblé ému, je le vois soudain grimacer, souffler plus fort. « Comment vous expliquer… Anaïs, elle préférait manger un casse-croûte dans la voiture plutôt qu'aller au restaurant. J'aimais ça.

Sur un tracteur, fallait la voir, elle assurait ! Ce que je dis prête peut-être à rire, mais moi j'aimais ça. Vraiment. »

Derrière lui, à une dizaine de mètres, un homme apparaît dans mon champ de vision. Silhouette mince, musclée, lunettes noires, sac à dos. Il pointe un appareil photo vers nous, s'éloigne. Les gendarmes ne le lâchent pas. Bernard et moi lui serrons la main devant sa voiture puis rejoignons la nôtre. À peine les portes refermées, Bernard rit à gorge déployée : « Je te promets, il est pas net, ton gars ! »

13.

Des dizaines d'auditions sont menées parmi les amis d'Anaïs. Au fil des jours, l'espoir s'amenuise. Pour ses proches, impossible de l'imaginer partir sur un coup de tête sans les prévenir, sans argent, sans papiers et en laissant son cheval. Ses parents et ses frères évoquent la dynamique positive dans laquelle elle était revenue, tandis que Madissone l'assure : Anaïs avait peur du noir et ne se relevait jamais en pleine nuit.

Partout, le nom de l'agriculteur tourne en boucle. « Tout le monde sait qu'il lui a déjà tapé dessus et c'est le dernier à l'avoir vue, non ? pointe une amie. Anaïs a un caractère fort et n'a pas peur de grand-chose, mais elle nous disait que c'était un taré.

— Qu'entendez-vous par taré ? relance le gendarme.

— Déjà, lui lever la main dessus… Pour moi, ils se sont pris la tête chez lui et un mauvais coup est parti. Ou tout était prémédité car Anaïs voulait le quitter. Il n'acceptait pas cette séparation et n'arrêtait pas de la harceler. »

Des mésaventures avec l'agriculteur de Fromy sont rapportées aux enquêteurs, parfois sans preuve. Un homme raconte comment, en février 2013, Gillet s'en serait pris à un couple de septuagénaires, plaquant l'homme contre un mur et lui crachant au visage, car ces retraités lui demandaient de déplacer son véhicule, garé devant chez eux. Cet autre habitant du secteur qualifie Gillet de « fou, dangereux, violent, manipulateur, incontrôlable ». Un épisode est authentifié : deux jours après la disparition d'Anaïs, Gillet est victime d'un léger accident de la route à deux pas de chez lui, sur la D8043, entre Fromy et Margut. La manœuvre d'une Porsche envoie un camion au talus et interrompt le trafic. Après avoir retrouvé ses esprits, Gillet, dont le tracteur a été endommagé, est vu par des témoins en train de courir vers le chauffeur de ce dernier, menacer de le cogner, avant d'en faire de même avec celui de la Porsche.

D'autres, par crainte de représailles, refusent de témoigner à visage découvert. Un autre témoin entendu par les gendarmes rapporte qu'au lendemain de la disparition d'Anaïs, un feu aurait été allumé sur l'exploitation de l'agriculteur, lequel aurait mis du fumier dessus. Certains voisins témoignent que sa ferme était éclairée dans la nuit du 16 au 17 avril – ce qui est forcément suspect à l'aune du contexte, mais s'explique par l'installation du robot de traite.

En Belgique, les collègues d'Anaïs au sein de l'usine Ferrero, à Arlon, où elle a occupé son dernier emploi salarié, du 29 janvier au 8 mars 2013, sont également entendus. Pour les Guillaume, c'est une histoire de famille : Fabrice, Valérie et leurs trois enfants y ont tous travaillé, mais jamais aux mêmes périodes. Dans ce bout de France, l'usine, située à moins d'une heure de Blagny, fait figure d'oasis dans le désert industriel local. En 2013, le site, majeur pour Ferrero, emploie plus d'un demi-millier de personnes, double ses effectifs lors de pics saisonniers, et produit à l'année des millions de Schoko-Bons, Kinder Surprise, Raffaello, au total plus de trente mille tonnes de chocolats destinées à l'export.

Là où la tenue blouse-charlotte est de rigueur, Anaïs Guillaume a laissé le souvenir d'une fille joyeuse, « qui rigole tout le temps, voit les bons côtés de la vie ». Au point de déplaire à cette salariée, sa voisine sur la ligne des Raffaello, qui évoque une « gamine pas consciencieuse » capable de « faire des bruits de chèvre dans l'usine, comme ça, sans raison, pour rigoler ». Selon une autre, elle laissait peu d'hommes indifférents et parlait facilement de sexe. Depuis vingt ans chez Ferrero, cette autre collègue décrit une jeune femme courageuse, travailleuse et « n'hésitant pas à draguer », notamment un jeune de Virton, à propos de qui elle aurait dit en riant : « Lui, je me le paierais bien. » Une autre collègue a conservé l'image d'une jeune femme drôle et « coureuse » : « Elle pensait que tous les hommes de l'usine avaient flashé sur elle. Elle caressait les épaules et les bras de certains gars, ils étaient contents. Je ne l'ai jamais invitée chez moi, j'avais peur qu'elle se dise que mon mari avait des vues sur elle. » À plusieurs salariées, les enquêteurs demandent si Anaïs avait « un comportement d'aguicheuse », bien qu'elle n'ait eu aucun amant au cours de ces six semaines passées chez Ferrero. À cette question dispensable, celle qui eut à former la jeune femme rétorque : « Non, Anaïs faisait plus style paysanne. Elle nous racontait ses histoires de vaches et de chevaux. C'était la vie qu'elle aimait bien. Elle avait le contact facile, souriante, à plaisanter. »

Au cours de cet hiver, Anaïs se rend à l'usine en bus et passe le trajet, assise au fond, aux côtés d'autres salariées françaises. L'une d'elles se souvient de ce matin de début mars, lorsqu'Anaïs a évoqué un voisin pour qui elle avait eu « le coup de foudre ». Avant cela, fin janvier ou début février, elle avait mentionné plusieurs fois un agriculteur, elle en semblait amoureuse mais lassée, leur histoire paraissait sans avenir. Une autre se rappelle ces matins difficiles, quand elle se disait minée par « un cultivateur qui la suivait. Elle avait l'impression de le voir partout ».

14.

Dimanche 12 mai, à Carignan, quatre cents personnes se retrouvent sur le parking du Lidl pour une battue organisée dans des bois proches, non loin de Matton-et-Clémency et de la Belgique. Venu de Reims, Didier Turk, le directeur d'enquête, scrute cette foule, impressionné. Au milieu des proches et des anonymes, Madissone, la meilleure amie d'Anaïs, est à bout de forces. Depuis trois semaines, sa vie n'est plus qu'un cauchemar. Elle rejette le pire mais l'envisage jusqu'à la nausée. Avant le début de la battue, Madissone tombe dans les bras de Valérie qui, le temps d'un lapsus, l'appelle Anaïs. Sous l'emprise d'un même fantôme, les deux femmes craquent, en larmes. Elles s'adorent mais chacune, dans les yeux de l'autre, ne voit plus que celle qui manque. Se voir devient une douleur. La battue ne donne rien.

Anaïs a disparu depuis un mois. Dans la région, beaucoup restent à l'affût des dernières rumeurs et bribes d'informations publiées. Devant une caméra de France 3, la voix de Valérie Guillaume se brise : « Si on avait encore 1 % d'espoir, je lui dirais qu'elle revienne, que la porte est ouverte, que ses affaires sont là, qu'on l'attend, qu'on l'aime. Et que tous les jours, on espère que la porte s'ouvre, qu'elle arrive mains dans les poches et dise : Coucou, c'est moi ! » Si le sort d'Anaïs alimente les conversations, l'écho médiatique se réduit, faute d'éléments nouveaux. Après dix articles publiés entre le 23 avril et le 6 mai, jour où est relatée ma rencontre avec Philippe Gillet, Anaïs Guillaume disparaît des colonnes de *L'Ardennais*. Le 9 mai, un avis de recherche est lancé pour Louise, 24 ans. La jeune femme, géolocalisée par son téléphone, est retrouvée le lendemain dans les bras de son moniteur d'auto-école. L'enquête se poursuit pour Anaïs, est-il encore rappelé.

Valérie Guillaume sombre, brûlée par le chagrin, l'angoisse et la rage. Au bureau de tabac, au supermarché ou au coin de la rue, elle se heurte aux regards compatissants et aux sourires gênés. Des mains pas toujours familières se posent sans prévenir sur ses épaules. Une même question l'encercle : alors, ça en est où ? Elle s'en veut d'éprouver parfois de l'agacement face à cette vague de soutien qui l'a surprise, bouleversée et que jamais elle n'aurait osé rêver. Dans la rue des Acacias, des habitants sont venus déposer des repas chauds, des cartes téléphoniques, prêter des véhicules avec le plein ou laisser simplement des mots. Une amie de Valérie, dont la fille a été dans la même classe qu'Anaïs, a créé la page Facebook « Anaïs Guillaume : on veut la vérité », toujours accessible dix ans plus tard. Autant d'initiatives qui, à la fin de ce printemps maudit, sont en passe de devenir douloureuses, lestées du poids de l'échec à retrouver celle que tout le monde cherche. Valérie se sent parfois dévisagée par ceux qu'elle croise, elle en vient à se demander si ce n'est pas cela, devenir folle. À son bras, son époux et ses fils tentent de la rassurer. Sortir devient une épreuve. Elle commence à effectuer des achats sur Internet, demande à ses fils de lui rapporter ses cigarettes qu'elle fume de plus en plus, laisse Fabrice se charger seul des courses du samedi. Elle se met à écouter ceux qui rôdent autour de son malheur, se surprend à penser : et pourquoi pas ? Un sourcier lui affirme qu'Anaïs est morte sous une plaque de ferraille, puis une voyante lui raconte qu'elle est séquestrée dans une maison à la porte d'entrée arrondie. L'imaginer encore de ce monde ressuscite un fol espoir qui la fait tenir debout et la fragilise en même temps. Valérie doute de tout, de tous, d'elle-même. De quoi serait-elle capable si elle croisait Gillet ou ceux qui ont utilisé les chèques de sa fille ? Fabrice, lui, repart chaque matin rechercher leur fille.

Didier Turk est témoin de cette descente aux enfers. Il rend visite aux Guillaume pour leur montrer qu'ils ne sont pas seuls, que cette affaire est prioritaire. Sa fonction lui interdit de communiquer le moindre élément lié à l'enquête mais le gendarme, convaincu par l'hypothèse criminelle, sait aussi que le procureur de Charleville-Mézières et la jeune juge d'instruction désignée n'ont eu aucun contact, pas même téléphonique, avec eux. Sollicité début mai, leur avocat, basé à Charleville-Mézières, ne les a reçus qu'une fois, surtout pour exposer ses honoraires – un peu court pour une heure et demie aller-retour. Jamais les Guillaume n'avaient eu à rencontrer un avocat ou un magistrat et ce premier mois passé à rechercher leur fille suffit à les persuader que l'institution judiciaire ne les considère pas, ou peu. Des braves gens qui paniquent un peu vite, voilà ce qu'ils sont. Devant moi, ce constat est formulé sans colère, comme une évidence banale qu'il serait naïf de contester. Plus d'une semaine après la disparition d'Anaïs, je consigne cette déclaration du procureur : « Dans cette affaire, c'est l'incertitude qui crée la peur. » Le propos se veut rassurant, mais est lu comme une insupportable mise à distance de leur angoisse. Une de plus, en réalité : la procédure en cours, celle d'une simple « disparition inquiétante », empêche le couple de se constituer partie civile et d'avoir accès aux éléments recueillis par les enquêteurs.

Chaque fois qu'il quitte la maison des Guillaume, Didier Turk s'évertue à chasser la sombre perspective qu'ils se fassent justice eux-mêmes. Au fil des semaines, Valérie Guillaume n'a pas tu ses soupçons à l'encontre de Philippe Gillet. Inlassablement, l'enquêteur lui demande de ne pas céder à la folle tentation de se venger, essaie d'arrondir ce qui peut l'être avec des mots qu'il sait dérisoires, lui parle de ses fils, demande du temps, s'échine à tempérer ces parents au bord de l'abîme. Sur l'autoroute qui le ramène à Reims, le visage épuisé de Fabrice Guillaume, son regard fixe, à la fois égaré et habité par une froide détermination, ses silences prolongés reviennent se ficher, à chaque fois plus longtemps, dans l'esprit du directeur d'enquête.

15.

Fabrice et Valérie partagent les mêmes origines sociales et géographiques. Lui, cadet d'une fratrie de neuf enfants, a passé ses premières années à Blagny avant de déménager à Sedan, où est née Valérie, sixième d'une fratrie de huit. Leurs pères sont des ouvriers d'usine, leurs mères élèvent les enfants. Après l'école, Valérie et Fabrice, dont le père a été victime d'un grave accident du travail, passent leur temps au pied des immeubles de la zone d'urbanisation prioritaire. « Nous étions toujours dans la rue, très libres, persuadés que la vie serait toujours ainsi », se souvient Valérie, le visage barré d'un sourire mélancolique. Il a 16 ans et elle 17 lorsqu'ils se rencontrent par l'intermédiaire d'une sœur de Fabrice, devenue amie de Valérie. Ils tombent amoureux et c'est la première fois pour tous les deux. Elle obtient un CAP vente, lui un CAP ébénisterie. Il décroche un contrat en usine, pendant qu'elle débute à la caisse d'une maison de la presse avant de devenir vendeuse dans une supérette. Ils s'installent dans un petit appartement de la

ZUP. Une vie heureuse, conforme aux horizons qu'ils imaginaient.

En 1988, un premier enfant, Jonathan, voit le jour. Valérie a 21 ans. Fabrice apprend sa paternité en Allemagne, où il achève son service militaire. Le couple goûte aux joies harassantes de cette nouvelle vie. En juin 1991 naît Anaïs, vite chérie par son frère. L'année suivante, la famille s'installe à Blagny, où l'une des sœurs aînées de Fabrice, mère depuis peu, vient de perdre son mari, victime de l'amiante. Fabrice, qui était adolescent lorsque son père est décédé, décide de se rapprocher de cette sœur qui s'est beaucoup occupée de lui pendant ses premières années et de ce neveu privé de père. À Sedan, Valérie aimait tout : sa vie familiale, sa vie sociale, son travail. À Blagny, petit village aux airs de cité ouvrière miniature où la plupart des hommes travaillent à la forge, son quotidien se réduit à quelques rues. S'y épanouir lui demande un temps d'adaptation. Elle passe le permis de conduire, indispensable pour déposer les enfants à l'école, tandis que Fabrice est embauché dans l'usine Ferrero d'Arlon, où les salaires sont plus élevés qu'en France. La famille emménage dans la rue du Joli Bois, perpendiculaire à la rue des Acacias.

Jonathan et Anaïs partagent une enfance heureuse, complice. Elle découvre l'équitation lors d'une journée portes ouvertes organisée au centre équestre de Pouru-Saint-Remy, entre Blagny et Sedan, fréquenté par une cousine. Ce tableau est complété par la naissance de Clément, en 1997. Tout devient un peu petit : la maison, la voiture, le salaire de Fabrice. À son tour, Valérie décroche un contrat chez Ferrero, puis dans d'autres usines, où elle assure, parfois la nuit, de longs intérims en tant qu'agente de manutention. Un ami suggère à Fabrice de regarder vers le Luxembourg, où les salaires sont plus confortables. Le père d'Anaïs trouve un emploi dans la même entreprise que ce voisin et devient cariste-magasinier chez Tarkett, entreprise à la tête du marché international des revêtements des sols et des surfaces sportives. Chaque jour travaillé, par tous les temps, les deux hommes effectuent ensemble les deux cent vingt kilomètres de trajet.

Le 22 juillet 2000, Valérie Wagner et Fabrice Guillaume se marient à la mairie et à l'église de Blagny et, l'année suivante, achètent leur première maison, à Angecourt. Mais Blagny, situé à vingt kilomètres à l'est, manque à Fabrice, très attaché à son village natal. Les Guillaume y retournent quelques années plus tard, trouvant une location dans cette rue des Deux-Villes où Anaïs habitera en 2012. Jusqu'au jour où, deux rues plus loin, Fabrice repère une maison à vendre. Cette opportunité a des allures d'évidence. L'affaire est vite conclue et la famille emménage dans la rue des Acacias, d'où elle ne s'imagine plus repartir.

Anaïs n'envisage pas de longues études. Le brevet des collèges en poche, elle projette de partir à Verdun, à une heure au sud, pour décrocher un diplôme destiné aux métiers de l'agriculture. Ce choix n'est pas source de conflit avec ses parents, prêts à la soutenir dans cette orientation, conscients aussi que leur situation géographique rend l'internat inévitable, y compris pour rejoindre un lycée généraliste à Sedan, à une demi-heure de route. Anaïs passe trois belles années dans la sous-préfecture de la Meuse où elle partage une chambre avec deux amies, ne prend pas trop au sérieux ses études, fait la fête, vit sa vie d'adolescente. Chaque jour ou presque, celle qui rêve d'ouvrir un centre équestre appelle ses parents. Le vendredi, ils vont la chercher à Verdun pour la ramener à Blagny le temps du week-end. Dans les Ardennes, elle écume avec ses amis les bals des environs, pendant lesquels un DJ amateur se charge d'ambiancer la jeunesse locale entre deux bières. Anaïs aime rire, faire rire, chambrer et, accessoirement, ne pas se laisser marcher sur les pieds. Au point, lors d'un bal à Sailly, à deux kilomètres de Carignan, d'en venir aux mains avec un garçon pour une raison dont plus personne ne se souvient. « Ça faisait peur, on aurait dit un homme », se rappelle sans rire l'un de ses amis, interrogé par les gendarmes. Aucun autre épisode de violence n'est rapporté. « Elle n'avait peur de rien et au niveau picole, elle buvait autant qu'un mec », complète un autre, qui la considère « comme un pote ». « Elle buvait presque autant que nous et, pour une fille, c'était hors norme », admire un troisième. Lors de ces fêtes, Anaïs se révèle peu timide. « Si un garçon lui plaisait, elle ne se posait pas trop de questions », résume une copine. « Mais elle ne sortait pas avec n'importe qui », nuance une autre. Parfois, ces soirées se prolongent au stade de football de Blagny, où la plupart de ces adolescents ont usé leurs premiers crampons. Dans la nuit ardennaise, des rires fusent, des bières tournent, parfois des joints – Anaïs, là encore, préfère ne pas passer son tour. Ces jeunesses s'approchent du carrefour de l'existence où recherches d'emploi et formations diplômantes éparpillent les amitiés.

Anaïs célèbre son dix-huitième anniversaire rue des Acacias, entourée de ses parents et amis. Après une coupe de champagne, Valérie et Fabrice quittent leur domicile, cédant la place à la jeune génération le temps d'une fête arrosée pendant laquelle Anaïs assure les présentations de ceux qui, venus de Blagny, Carignan, Verdun ou d'ailleurs, se découvrent. « Dans un groupe, elle entraînait tout le monde par sa joie de vivre, elle apportait vraiment beaucoup », se remémore Madissone qui, ce soir-là, découvre les grandeurs et misères de l'ivresse. Anaïs, qui lui a laissé son lit, s'approche d'elle et murmure : « T'inquiète pas, mets-toi sur le côté droit et ça va aller. Dors bien, ma Muchacho. »

Après trois années à Verdun, Anaïs s'inscrit au lycée agricole de Rethel, dans le sud des Ardennes. Toujours en internat, toujours à une heure de Blagny. Mais au bout d'un an, elle arrête. Les cours la font bâiller, ses amis lui manquent. Elle décroche son premier emploi dans un centre équestre près d'Épernay, dans la Marne. Elle participe un peu à tout et cela lui plaît. Ici aussi, ses parents viennent la chercher le vendredi, et ne tardent pas à lui offrir un deux-roues pour son autonomie. Elle les appelle très régulièrement, leur parle des chevaux et des nouveaux amis qui l'entourent. L'aventure dure un an et demi, puis Anaïs retrouve Blagny. Ses parents sont heureux de l'avoir de nouveau sous leur toit, convaincus qu'elle retrouvera un emploi sans difficulté, qu'elle y arrivera comme ils y sont arrivés.

Début de l'été 2011. Anaïs vient d'avoir 20 ans. Elle passe du bon temps avec ses amis mais commence à tourner en rond. Elle voudrait retourner à l'école pour décrocher un baccalauréat agricole. Valérie y est favorable mais redoute que les délais soient passés pour s'inscrire à la rentrée de septembre. Anaïs a anticipé, c'est encore possible à la Maison familiale rurale de Stenay, un établissement scolaire situé à vingt minutes de Blagny. Le 6 juillet, les formulaires sont remplis et signés. Reste à trouver un lieu d'alternance. Les Guillaume, enfants de la classe ouvrière, n'ont aucun contact dans le monde agricole. L'établissement se charge de la recherche, privilégiant les environs de Blagny. Un premier nom est proposé : Philippe Gillet. Son exploitation se trouve à six kilomètres de la rue des Acacias. Une aubaine. Mais ce patronyme réveille un mauvais souvenir.

16.

Un an plus tôt, le matin du 28 août 2010, Anaïs Guillaume pousse la porte de la brigade de Carignan. La jeune femme, âgée d'à peine 19 ans, vient déposer plainte contre Pierre Gillet, un des frères aînés de Philippe. Elle a travaillé chez lui en contrat d'apprentissage dans le cadre du baccalauréat professionnel « conduite et gestion d'une exploitation agricole », qu'elle prépare à Verdun. Anaïs a déjà écrit à l'Urssaf pour dénoncer ses conditions de travail mais son courrier n'a rien réglé, alors elle s'en remet à la gendarmerie. Au militaire qui lui fait face, elle explique n'avoir perçu aucun salaire au cours de ses premiers mois chez Pierre Gillet, fin 2008, alors qu'elle était chargée de l'entretien des chevaux. Ce dernier lui a assuré que tout rentrerait dans l'ordre en janvier 2009, lorsqu'il aurait reçu les subventions qu'il attendait. La confiance n'est pas rompue et pour Noël, les parents d'Anaïs achètent à Pierre Gillet une jument afin de l'offrir à leur fille. La transaction se serait élevée à 1 300 euros. Selon Anaïs, Pierre Gillet n'a remis aucune facture justificative. Fin janvier, elle s'agace de ne toujours pas être rémunérée et obtient 300 euros en liquide. En février, le coup de sabot d'un cheval lui brise deux côtes et la contraint à se rendre aux urgences. Un médecin établit un arrêt de travail, mais l'exemplaire adressé à l'assurance maladie est vite retourné : cette salariée n'apparaît pas dans leurs fichiers. Après sa convalescence, Anaïs retourne à l'exploitation, où elle essuie des marques de mépris de la part de celui qui ne l'a pas déclarée. Madissone, qui vient de se lier d'amitié avec Anaïs et dont le père est ami avec Pierre Gillet, confirme aux gendarmes que ce dernier manque de respect à son apprentie. À son tour convoqué, l'intéressé, gérant de la SARL Bétail Viande Nord Ardennes, assure n'être coupable de rien, expliquant que le prix du cheval vendu aux Guillaume équivalait aux salaires en retard. Il s'agace, répète qu'Anaïs ment, qu'elle ne faisait pas grand-chose à part s'occuper de son cheval et que les jeunes de son genre ne sont que des nids à ennuis. Sa version ne convainc pas. L'Urssaf confirme qu'aucune déclaration d'embauche n'a été adressée pour Anaïs Guillaume. Les cotisations sociales n'ont pas été réglées. Le 2 mai 2011, Pierre Gillet, 54 ans, est reconnu coupable du délit d'exécution d'un travail dissimulé entre septembre 2008 et août 2009 par le tribunal correctionnel de Charleville-Mézières. Il est condamné à verser 4 000 euros à sa victime, qui en réclamait le triple.

Quatre mois plus tard, Anaïs commence à travailler chez le petit frère de celui qu'elle vient de faire condamner.

À la fin du printemps 2013, deux mois après la disparition d'Anaïs, les Guillaume expliquent aux enquêteurs que Pierre Gillet n'a jamais versé les sommes dont il devait s'acquitter. L'intéressé confirme et explique même ce qu'il pense de la relation entre Anaïs et son frère : « J'ai dit à Philippe que cette fille était un bâton merdeux. Comme disait notre père : tu la prends par n'importe quel bout, tu t'en mets sur les mains. Je lui ai dit qu'elle ne pouvait apporter que des emmerdes, c'est tout. »

17.

Le 9 juin 2012, près de deux ans plus tard, Anaïs Guillaume retourne dans les locaux de la brigade de Carignan. Ce jour-là, elle dépose plainte pour « coups et blessures volontaires » à l'encontre de Philippe Gillet. Les faits dénoncés remontent à la veille. En fin d'après-midi, le ton monte alors qu'elle vient récupérer son matériel d'équitation. Gillet, explique-t-elle, finit par l'attraper au cou avant de la jeter au sol. Anaïs chute lourdement, peine à se relever, groggy. Gillet lui jette un seau d'eau froide au visage. Anaïs reprend ses esprits et rejoint sa voiture, furieuse. Elle fait mine de foncer sur lui, l'obligeant à enjamber une barrière. Cette scène a un témoin : Nicolas, le commis de ferme de Gillet, hilare selon Anaïs. La jeune femme se rend auprès de la famille de Madissone, prévient son père de ce qui vient de se produire et, dans la foulée, est reçue par un médecin de Carignan. Celui-ci constate « un œdème à l'arcade sourcilière gauche, une rougeur et œdème rétro-auriculaire à droite, deux érosions superficielles parallèles de dix centimètres espacées d'un centimètre et demi sur la face antérieure du bras droit et des douleurs au coude droit ». Une incapacité de travail de trois jours est établie.

À la fin de son audition, elle prend soin d'ajouter, encore choquée et pleine de colère : « Je précise que j'ai été la maîtresse de Philippe Gillet. Notre liaison a commencé à l'été 2011 et, pour moi, s'est terminée hier soir. » Cette précision chronologique a son importance : Anaïs assure avoir entamé une relation avec l'agriculteur avant le décès de son épouse, Céline, survenu en janvier 2012 lors d'un accident dans la ferme familiale – j'y reviendrai. Gillet, lui, jure avoir commencé cette liaison après la mort de sa femme.

Dans les locaux de la brigade, Anaïs est prise en photo en vue rapprochée – le cou, l'oreille droite – et élargie. Elle est debout, le regard dur, devant un portemanteau où pend une veste de gendarme. Sur son tee-shirt, deux mots se dressent en majuscules : NO LIMIT. Anaïs Guillaume a fait exactement ce qu'on recommande aux victimes : déposer plainte au plus vite, faire constater ses blessures.

Quelques heures plus tard, l'agriculteur est entendu en tant que simple témoin. Il conteste les accusations, expliquant avoir seulement repoussé Anaïs à hauteur d'épaules après qu'elle a tenté de le bousculer vers une clôture électrique. Si elle a, selon lui, exagéré sa légère perte de connaissance, elle l'a surtout menacé de mort avant de lui foncer dessus en voiture. « C'est bien dommage d'en arriver là. J'ai cru en cette gamine qui partait de rien. Je la considérais comme ma fille. Elle était chez moi comme dans sa famille », regrette celui qui se pose en victime. Les gendarmes prennent note des SMS d'Anaïs brandis par Gillet, pourtant sans lien avec l'épisode – ainsi, celui du 25 mai : *Putain j'ai la haine contre toi, je t'en veux, tu n'imagines même pas à quel point.* Et… c'est tout. Gillet s'en va, libre. La plainte d'Anaïs est classée sans suite, pas même remontée au parquet de Charleville-Mézières.

Aux militaires, Gillet a aussi fait écouter un message laissé la veille sur son répondeur par un ancien camarade d'école, devenu l'un des meilleurs amis du père d'Anaïs et qui se trouvait à ses côtés au moment où sa fille, en pleurs, l'a appelé pour lui relater les violences qu'elle venait de subir. « Salut tête de mort, tu te souviens de moi ? Je te préviens, le jour où je te vois, je te crève ta gueule de con. Tu sais taper sur les bonnes femmes, la prochaine fois je vais te crever ta gueule de con. Je t'accroche derrière ma voiture et je te traîne. Bouge pas, j'arrive. » Le soir du 8 juin, Fabrice Guillaume et cet ami se seraient rendus chez Gillet pour le menacer, arme à la main. Le récit de l'agriculteur est confirmé par Nicolas, son commis, qui évoque une scène « affreuse » lorsque l'ami de Fabrice a ouvert son fusil pour y introduire deux cartouches et pointé Gillet, assis dans son tracteur.

Peu réactifs, les gendarmes attendent sept mois pour recueillir la version de Fabrice Guillaume, entendu fin février 2013. Non, assure-t-il, son ami n'avait pas d'arme et a seulement dit à Gillet que ça tournerait mal s'il levait encore la main sur sa fille. Les militaires patientent encore trois semaines avant de se rendre chez l'ami du père d'Anaïs, où aucune arme n'est retrouvée. « Oui, j'ai pété les plombs », regrette l'intéressé à propos du message laissé sur le répondeur de l'agriculteur.

Nous sommes le 16 mars. Un mois plus tard, Anaïs disparaît.

18.

Aujourd'hui encore, Madissone cite cette date de mémoire. Le 8 juin 2012, elle est dans le salon de ses parents lorsqu'on frappe à la porte. Sa mère ouvre. Madissone se fige en découvrant Anaïs, le visage rougi, abîmé, en pleurs. Philippe m'a frappée, annonce-t-elle. Gillet ? Madissone l'a rencontré le mois précédent à l'occasion de la communion des filles de l'agriculteur. Elle avait vu un homme souriant, robuste, affable. Anaïs, heureuse, l'avait embrassé avant de la présenter : Maddie, ma meilleure amie. Elles étaient reparties en voiture, Anaïs venait d'avoir le permis. La journée s'était terminée par une balade à cheval.

Anaïs lui avait évoqué ce Philippe pour la première fois à la fin de l'été 2011. Elle était un peu perdue, hésitant à s'embarquer dans une relation avec son patron, un homme marié, plus âgé. Elle était amoureuse, assurait que c'était réciproque mais ne voulait pas semer la zizanie dans cette famille, se sentait mal vis-à-vis de

Céline, l'épouse trompée. Madissone, adolescente de 17 ans, avait préféré taire ses doutes.

Le 8 juin 2012, elle est sous le choc. La violence débarque dans sa vie et c'est sur le visage de sa meilleure amie. Tout de suite, elle veut la protéger, la convaincre de ne jamais revoir Philippe tandis qu'Anaïs, elle, tourne en boucle : « Mais t'as vu dans quel état il m'a mise ? Il est fou ! » Puis elle se calme et va chez son médecin. Elle et Madissone passent ensemble la fin de journée, mangent une pizza devant le petit camion qui s'installe certains soirs à Pure, le village de Madissone. Le soir même, peut-être la nuit suivante, elle ne s'en souvient plus aujourd'hui, Anaïs reste dormir chez sa copine après avoir prévenu sa mère.

Pour les parents d'Anaïs, les violences du 8 juin 2012 changent la donne. Avant cela, ils désapprouvaient sa liaison mais la toléraient. À partir de ce jour, le ton se fait plus ferme à l'égard de leur fille, sommée de prendre ses distances avec Philippe. Mais Anaïs reprend vite contact avec lui. Elle a 20 ans, décide de ne plus écouter ses parents incapables de comprendre que Philippe et elle s'aiment et qu'il va changer. La jeune femme s'entête, s'éloigne de ses amis, de sa vie. Au cours de son existence, il y eut un avant et un après-Gillet, diront ses proches. Madissone, face à moi, prend le temps de mûrir sa formule : « Il se l'est accaparée. »

Lorsque les gendarmes entendent Gillet pour la première fois après la disparition de la jeune femme, le

25 avril 2013, ils fouillent sa Mitsubishi et mettent la main sur l'état des lieux d'entrée réalisé à l'appartement du 7, rue des Deux-Villes, partagé par Madissone et Anaïs, pour lequel Gillet s'est porté garant. Le formulaire date du 15 juin 2012, une semaine après l'épisode de violences qu'elle a dénoncé.

Quelques jours plus tard, Anaïs croise Madissone dans les rues de Blagny. « J'ai l'appartement ! » s'exclame-t-elle en brandissant un jeu de clés, enthousiaste. En réalité, elle redoute la réaction de son amie, consciente qu'elle ne sera pas félicitée pour être retournée dans les bras de celui qui vient de la frapper. Passé la surprise, Madissone préfère adopter une attitude bienveillante, osant néanmoins une mise en garde : Gillet a été violent, comment être sûre qu'il ne le sera pas encore ? L'avertissement glisse sur une Anaïs transie d'amour qui, spontanément, propose à son amie d'habiter avec elle. Qui, à 18 ans, n'a pas rêvé d'une telle colocation ? Madissone vient d'obtenir un baccalauréat transports et logistique, elle hésite entre devenir éducatrice spécialisée ou gardienne de prison, s'imagine trouver un petit boulot à la rentrée. Vivre avec Anaïs ? Elle en a follement envie et suppose à raison que ses parents ne s'y opposeraient pas. Alors elle accepte. Une répartition de principe est décidée : elle remplira le frigo, Anaïs paiera le loyer. Euphoriques, elles vont le jour même repeindre les murs de l'appartement.

L'entrée ouvre sur un long couloir. Au fond, une grande cuisine et, à gauche, le salon, peint en noir, où elles installent deux canapés. Des posters de Manhattan sont punaisés aux murs. Un frère de Madissone fournit la machine à laver, ses parents la laissent piocher quelques chaises et une table, ceux d'Anaïs fournissent les meubles de la cuisine. Conçu en duplex, le lieu se complète par deux chambres à l'étage, mais les deux copines n'en utilisent qu'une seule, préférant dormir ensemble. Un matelas est posé à même le sol. Anaïs colle des étoiles lumineuses au plafond et des stickers d'animaux sur les murs. La seconde chambre fait office de débarras. La vie à deux commence.

Pendant que Madissone effectue quelques ménages et prépare le concours de surveillant pénitentiaire, Anaïs, après avoir arrêté de travailler dans la ferme de Gillet, retrouve un emploi dans un magasin de bricolage en Belgique. Elle y passe les mois de juillet et août, chôme les deux premières semaines de septembre, puis est embauchée dans une ferme d'Avioth, petit village de la Meuse. Après le travail, elle rentre promener son labrador. Certains jours, Patricia s'en charge. Avec cette voisine plus âgée, le courant est vite passé ; Anaïs et Madissone lui ont même laissé un double des clés. Jusqu'au jour où Madissone, de retour chez elle, surprend Alice, la fille de Patricia, en train de prendre un paquet de pâtes dans leur placard – cette même adolescente qui volera 400 euros à Anaïs. Les rares jours où il ne sort pas assez, le chien d'Anaïs aboie assez pour que la voisine du rez-de-chaussée, qui vit avec son compagnon, monte se plaindre. Madissone, elle, rêve d'un chat mais ses parents le lui ont déconseillé, redoutant la cohabitation avec le labrador. Un soir, Anaïs revient avec un gros carton dans les bras. Madissone l'ouvre et découvre un chaton, minuscule et apeuré. « Voilà, Anaïs, c'était ça, toujours généreuse… » me confie Madissone, émue.

Ces deux-là sont inséparables, préférant parfois prendre leur douche ensemble plutôt que de différer la fin d'une conversation. Le soir, si Anaïs ne se met pas en tête de cuisiner sa spécialité, des flageolets noyés dans de la crème fraîche, elles vont chercher un kebab ou une pizza à Carignan, puis s'installent devant la petite télé qu'elles ont récupérée et regardent *L'Âge de glace*, *Le Roi Lion* ou *Spirit*, l'histoire d'un cheval épris de liberté, le dessin animé favori d'Anaïs. La jeune femme fredonne les génériques en s'amusant à dessiner les personnages. Parfois, un joint, jamais deux, tourne. À d'autres heures, elles écoutent des groupes de hardcore ou des refrains de Kyo. Sur une vidéo, Anaïs, munie d'un faux micro et assise dans un canapé aux côtés de Madissone, fait le pitre et s'égosille : « Et je saigne encore, je souris à la mort / Tout ce rouge sur mon corps / Je te blesse dans un dernier effort[1]. »

Certains soirs, Gillet passe à l'appartement, content de se poser devant un Disney. Pour *L'Âge de glace*,

1. Kyo, « Je saigne encore », issu de l'album *Le Chemin* (Jive France, 2003).

il se gondole chaque fois que Scrat, l'écureuil, égare son gland. Madissone voit aussi combien s'éclaire le visage de son amie quand l'agriculteur passe la porte. Les brutalités du 8 juin ne sont jamais abordées.

Les parents d'Anaïs ne sont pas les seuls à se désoler de cette relation. La mère de Philippe Gillet s'agace aussi de ce fils qui s'affiche avec sa jeune employée, quelques mois à peine après la mort de son épouse. Sa désapprobation préoccupe Anaïs, décidée à la convaincre de la puissance de leurs sentiments. Plusieurs soirs, elle tente de lui écrire, froisse des brouillons, lit des passages à Madissone et finit par lui adresser un courrier de deux pages, touchant de franchise.

> « Je suis consciente que vous n'acceptiez pas le fait que je sois avec votre fils et vous preniez ça comme une sorte de trahison. Je suis consciente aussi qu'on a 18 ans d'écart et qu'il est papa de deux filles très intelligentes. Dans la vie on ne contrôle pas les sentiments (...). J'aime votre fils comme jamais je n'ai aimé personne. Je sais que je n'ai que 21 ans et que je débute seulement dans la vie, que je n'ai pas beaucoup d'expérience pour élever des enfants mais je ferais tout mon possible. Avec votre fils on a eu beaucoup de disputes (...) mais ceci est dû aux ragots de nos entourages qui ont fait en sorte d'essayer de tout casser entre nous deux. Mais sachez une chose, c'est qu'on s'aime vraiment. Il est heureux avec moi et je suis heureuse avec lui. Si vous ne comprenez pas cela, c'est que vous

ne souhaitez pas le bonheur de votre fils (…). Si je suis partie de la ferme, c'est uniquement pour vous. Ce n'est pas parce que j'avais peur de vous mais par respect. S'il vous plaît, arrêtez de vous rendre malade avec tout cela. Laissez faire les choses et vous verrez que tout se passera bien. Vous croyez en Dieu et dans la Bible on apprend le pardon. Je ne vous demande qu'une chose, c'est d'essayer de comprendre nos sentiments. J'espère simplement que vous comprendrez un jour. Cordialement, Anaïs. »

Mais la relation reste instable. Une nouvelle scène violente survient un soir d'automne. Madissone est à l'appartement avec un couple d'amis, une jambe douloureuse à cause d'une chute de cheval survenue dans l'après-midi. Anaïs est partie chercher du désinfectant quand Gillet arrive à l'improviste. Elle ne répond pas à ses appels, il la cherche, furieux, claque brutalement la porte en repartant. Stupéfaits, Madissone et ses amis laissent un message à Anaïs pour la prévenir. Une heure plus tard, elle les rejoint, avec des marques rouges plein le cou et une tête de fantôme. Après son passage à l'appartement, raconte-t-elle, Gillet l'a croisée par hasard en voiture à quelques rues de là, sur le parking de la jardinerie. Il a haussé le ton tout de suite, l'a attrapée au cou, plaquée contre le capot en hurlant : « T'étais où ? » C'est la deuxième fois que Madissone voit Anaïs subir des violences. Cette fois, elle l'exhorte à prendre ses distances, martèle que « c'est juste plus possible ». Le couple d'amis, choqué, renchérit. Anaïs en convient. Mais au cours des semaines suivantes, elle cède face aux excuses de Gillet. Entre les promesses du plus-jamais-ça et les conversations qui vrillent pour un rien, dégénèrent en propos cassants, parfois en coups, la cadence s'accélère. Quelques semaines plus tard, Anaïs raconte à son amie avoir reçu une gifle. Un jour, sa mère remarque qu'elle n'enlève pas son écharpe à l'intérieur de la maison. Peu à peu, la jeune femme se renferme, donne le change à ceux qui l'entourent et lui suggèrent de dénoncer cette situation. « À quoi ça servira ? » rétorque-t-elle un jour à Madissone. Elle a déjà déposé plainte contre Gillet et cela n'a rien changé, non ?

Pourtant, Anaïs en semble convaincue : « Ce mec est un vrai taré ! Un malade ! » se révolte-t-elle un soir. Mais à chaque fois, le même engrenage, tristement banal, semble se reproduire : quand elle menace de le quitter, il resserre son emprise ; quand elle prend ses distances, il la poursuit. Dès juillet 2012, ses parents lui trouvent un contrat chez Hubo, en Belgique, pour l'éloigner de cet homme. Anaïs apparaît décidée à prendre du champ. Selon plusieurs témoins auditionnés par les militaires, Gillet se met à la suivre. Au printemps 2013, l'un des amis d'enfance d'Anaïs, devenu son collègue chez Hubo, déclare aux enquêteurs avoir vu Gillet venir la relancer trois ou quatre fois au magasin, obligeant parfois la jeune femme à se cacher dans les bureaux. Certains soirs, la gérante, une amie de Valérie Guillaume, la laisse partir plus tôt au cas où il viendrait rôder à la sortie. En février 2013, ses parents sont rassurés de la voir intégrer l'usine Ferrero, où le site est interdit aux non-salariés. Longtemps, Anaïs croit possible cette relation. Mais quand Gillet ne lève pas la main sur elle, il semble jouer avec ses sentiments. Madissone se rappelle encore le jour où Anaïs, furieuse après avoir raccroché avec l'agriculteur, jette son portable contre le mur de l'appartement. « Il lui disait : j'arrive, j'arrive et il ne venait jamais… Alors elle s'énervait, me prenait à témoin en disant : C'est mort, là, mort ! Quand elle l'aimait, elle en avait marre d'être la dernière roue du carrosse mais quand elle lui disait que c'était fini, c'est lui qui la recontactait, la suivait pendant ses trajets de boulot, venait en bas de l'appartement, l'appelait tout le temps. C'était du harcèlement pur et simple. Et elle hésitait, encore et encore : Non, mais il va changer, il va faire des efforts… »

19.

Le 21 décembre 2012 est le jour annoncé de la fin du monde – et le terme supposé de l'antique calendrier des Mayas. Ce soir-là, Anaïs embarque Madissone dans une voiture exceptionnellement prêtée par son employeur. Son amie sort d'une déception sentimentale, elle veut lui changer les idées, la sortir, peu importe où. Direction le centre équestre de Pouru-Saint-Remy, à une dizaine de kilomètres de Blagny, où se trouve l'ancien cheval d'Anaïs. La nuit est glacée. Elles entrent dans le site, évidemment fermé à cette heure. L'initiative est tellement improvisée que Madissone, les pieds dans la boue, regrette d'avoir choisi, comme souvent à l'époque, des talons aiguilles. Elles s'amusent à jouer les pieds nickelés, arrivent au cheval d'Anaïs, le caressent. L'instant d'après, il n'y a déjà plus rien à faire. En repartant, elles remarquent la porte entrouverte de la sellerie. Autant aller voir, non ? À l'intérieur, Anaïs découvre des selles Victoria, marque prestigieuse qui porte le prénom de la fille aînée de Philippe Gillet, elle aussi cavalière. Ça lui ferait tellement plaisir, suppose Anaïs. Cette soirée improvisée aurait pu s'arrêter là, mais non. Elles volent trois selles et filent. N'est-ce pas ici qu'Anaïs a découvert l'équitation à l'âge de 5 ans et passé des milliers d'heures, jusqu'en 2008 et son départ pour Verdun ? Ici qu'elle est revenue régulièrement à partir de 2011 ? Dans l'obscurité, les deux copines, qui n'ont jamais rien volé, sont mal à l'aise. Elles roulent jusqu'à chez elles, déposent les selles et rentrent chez leurs parents. Depuis peu, elles y retournent à cadence aléatoire, prenant conscience qu'elles n'ont pas les moyens d'être indépendantes. Bientôt, elles rendront leur appartement. Ce soir-là, chacune s'endort en tentant de se persuader qu'elles ne viennent pas de commettre la plus grosse bêtise de leur vie.

Le lendemain matin, Anaïs, catastrophée, téléphone à Madissone. Son patron vient de la contacter après avoir été appelé par les gendarmes. Son véhicule serait impliqué dans un vol. T'as pas fait une connerie ? lui demande-t-il. Elle nie, va travailler en donnant le change, fébrile. Le lendemain matin, des gendarmes débarquent chez les parents des deux jeunes femmes, ramenées à la brigade et interrogées séparément. Elles baratinent tant qu'elles peuvent, pleines de tchatche et d'adrénaline. Laissées libres, elles ont l'impression d'avoir été les plus malines. Anaïs passe à l'appartement, fourre les selles dans un sac-poubelle et va les déposer à l'entrée d'un bois situé sur les hauteurs de Blagny, non loin du cimetière. Elle appelle Gillet, lui avoue avoir volé des selles pour sa fille. Rendez-vous est pris pour le

26 décembre. À la nuit tombée, Anaïs et Madissone, à bord de la Logan de Valérie Guillaume, roulent vers chez Gillet, prévenu par SMS de leur arrivée imminente. Entre Blagny et Fromy, Linay est le seul village à traverser. Dans le grand virage qui contourne l'église, des gendarmes apparaissent. Ils sont là pour elles. Anaïs braque brutalement à gauche pour leur échapper mais perd le contrôle de son véhicule qui termine dans une barrière. Les deux amies sont interpellées. Anaïs jure à qui veut l'entendre que Madissone n'y est pour rien. Cette fois, elles avouent tout, honteuses, quittent les locaux de la brigade avec une convocation judiciaire en poche et rentrent à pied à leur appartement sans dire un mot. Prévenue par les militaires, Valérie, dont la voiture est HS, est furieuse. Mais pas question d'accabler sa fille, avec qui la relation se réchauffe enfin après quatre mois polaires. Peu avant leurs interpellations, Fabrice et Valérie avaient laissé leur maison à Anaïs et Madissone pour le réveillon de Noël. D'abord seules, les deux copines étaient passées chez Patricia avant d'aller à Pure retrouver des amis. Ce soir-là, elles et d'autres s'étaient amusés à la conception d'une BD potache consacrée pour l'essentiel à la poitrine avantageuse d'Anaïs. À la fin de la nuit, elles étaient rentrées chez Valérie et Fabrice. Comme une évidence.

Avec ce vol de selles, Anaïs sait qu'elle a déçu son entourage. Le 30 décembre, elle adresse un SMS au propriétaire du centre équestre pour s'excuser. *Ce n'était pas contre vous ni contre personne*, assure-t-elle, qualifiant l'épisode de *connerie de jeunesse*. Reste une question : comment les gendarmes pouvaient-ils attendre les deux jeunes femmes à Linay ? Madissone en est vite convaincue : Gillet les avait prévenus. L'hypothèse fait sens. Trois ans plus tard, elle sera confirmée.

L'histoire des selles volées laisse des traces. Au début de l'année 2013, les parents de Madissone interdisent à leur fille de voir Anaïs. Mais, en catimini, elles s'appellent pour se retrouver dans des chemins glacés et boueux, au bout de Blagny. Jusqu'à ce jour de février, lorsqu'Anaïs débarque à l'improviste chez les parents de son amie, les bras chargés de brochettes ardennaises – un mélange de porc pané et de lard fumé piquant. La mère de Madissone lui ouvre. « Vous voulez bien me pardonner ?

— Et tu crois que quelques brochettes vont suffire pour oublier votre connerie ? » La jeune femme est invitée à entrer. Après une ultime soufflante vite expédiée, tout redevient comme avant. Anaïs et Madissone le savent, leur colocation ne reprendra pas. Le préavis est déposé. C'était beau tant que ça a duré.

Le 20 mars 2013, elles sont convoquées au tribunal de proximité de Charleville-Mézières. Un délégué du procureur leur fait la morale entre deux compliments – « De si jolies jeunes filles, quand même… » Elles s'en sortent avec un rappel à la loi.

20.

À la fin du printemps, certaines personnes soupçonnées dans le cadre de la disparition d'Anaïs semblent hors de cause. C'est le cas de la famille de Patricia, notamment des adolescents qui ont utilisé ses chèques après la diffusion de l'avis de recherche, et de Jérôme, apparu sincère lors de ses auditions. « On sentait qu'il ne racontait pas de conneries, se souvient Didier Turk, des années plus tard. À l'époque, il se cherchait un peu, ne savait pas s'il devait se séparer de son amie ou tenter l'aventure avec Anaïs… Le père d'Anaïs l'a bien croisé dans les bois de Chameleux, près de là où venait d'être retrouvé le véhicule de sa fille, mais qu'est-ce que ça voulait dire ? Qu'il serait retourné avec sa compagne là où il aurait brûlé la voiture d'Anaïs ? Ça n'avait aucun sens. »

La vie sociale d'Anaïs a été passée au microscope – famille, amis, collègues. En fouillant dans les recoins de son existence numérique, un jeune homme est repéré pour ses messages Facebook insistants adressés à Anaïs dans les jours qui ont précédé sa disparition. Le 6 : *slut sa va ?* Le 10 : *tu devrais me supprimer de tes contacts :)* La nuit du 14 : *Tu dors pas toi ?* Au soir du 16, le dernier au cours duquel Anaïs est vue : *bon bah voilà ma cop m'a laché : /*, puis vingt minutes plus tard, *ok...*, et enfin, peu avant 23 heures : *Ouah tu fais de la littérature toi.* Tous ces messages sont doublés par des SMS. Jamais Anaïs n'y répond. Entendu à la gendarmerie de Stenay, l'intéressé explique l'avoir croisée au Havana, un bar de Verdun, lors d'une fête d'anniversaire organisée en novembre 2012 pour une amie en commun. Toujours par cette intermédiaire, il l'a revue à la fête du jour de l'an, passée avec d'autres au Borsalino, une boîte de Verdun. « Elle ne semblait pas très bien moralement à cause d'une histoire d'amour qui ne se passait pas bien. Elle n'apparaissait pas triste, mais malheureuse », se remémore le jeune homme. Anaïs lui raconte les selles volées, pas fière. Avant de rentrer se coucher, elle embrasse le jeune homme sur le parking de la discothèque. Ils échangent leurs numéros. Les jours suivants, il lui envoie plusieurs messages. Elle n'y répond qu'une fois : *Dsl, je nallais pas trop bien. Sinon toi sa va ? Oui, moi aussi j'ai bien aimé, heureusement que tu étais là, sinon j'aurai passé un nouvel an de merde.* Interrogé à propos de la salve de messages envoyée en avril, notamment ceux du 16 au soir, il explique : « Ce soir-là j'étais triste, alors j'ai pris mon répertoire. Au hasard des noms, j'ai vu celui d'Anaïs. J'étais seul, je me disais qu'elle était peut-être dans le coin de Verdun, qu'elle pourrait passer me voir. J'avais envie de coucher avec elle ce soir-là. Mais franchement, c'était à tout hasard. »

Philippe Gillet reste le principal suspect. Des recherches sont menées sur son entourage familial. Deux de ses frères apparaissent au traitement des antécédents judiciaires (TAJ), un fichier national qui recense l'ensemble des victimes et des personnes mises en cause dans les affaires pénales. Pierre, on l'a vu, a été condamné pour ne pas avoir déclaré l'emploi d'Anaïs Guillaume. À 8 h 31, le 17 avril 2013, il a appelé Philippe sur son portable depuis sa ligne fixe. La conversation a duré trente-cinq secondes. Philippe, toujours depuis son portable, l'a rappelé à 9 h 22 sur sa ligne fixe. L'échange a duré six secondes. Impossible de savoir ce qui s'est dit. Interrogé, Pierre explique que son épouse a passé cet appel en vue d'un vol pour La Rochelle que devait prendre Philippe – ce qui est exact.

Chez les Gillet, il y a aussi Gérard, l'aîné. Dans la disparition d'Anaïs, aurait-il pu prêter main-forte à son frère ? Son profil apparaît « éventuellement compatible si Philippe Gillet avait reçu le concours d'un tiers », notent les gendarmes. Mais Gérard fournit aux autorités la facture de l'Ibis de Châlon-sur-Saône, où il a passé la nuit du 16 au 17 avril. Les péages d'autoroute confirment ce déplacement. Fin de la piste. Mais les militaires trouvent autre chose. En 1993, Gérard Gillet a été mis en cause dans une tentative d'escroquerie à l'assurance après avoir déclaré le vol de son véhicule, finalement retrouvé en Belgique, calciné et amputé de ses plaques d'immatriculation, la clé sur le contact et sans trace d'effraction, à neuf kilomètres de là où sera retrouvée, vingt ans plus tard, la Toyota d'Anaïs… Il y a plus grave. Dans la nuit du 5 au 6 octobre 2010, Gérard Gillet, alors âgé de 56 ans, s'introduit au domicile de son ex-épouse, avec qui il a eu des ennuis judiciaires pour des pensions alimentaires non versées. Encagoulé, muni de gants en latex et équipé d'une lampe frontale, il entre dans sa chambre et tente de l'immobiliser en lui liant les poignets avec du ruban adhésif. Réveillée par ce cauchemar, elle se défend avec l'énergie de celle qui refuse de mourir, parvient à donner un coup de pied dans le ventre de son agresseur, lui mord un index jusqu'au sang, réussit à allumer la lumière… et découvre son ex-mari. Il retire sa cagoule mais l'empêche de prévenir les secours. À moitié nue, elle va se réfugier chez un voisin. Interpellé, Gérard assure avoir seulement voulu lui faire peur « pour qu'elle devienne raisonnable et accepte la dernière offre de partage des biens qui lui a été faite ». Il sera condamné pour violences volontaires aggravées. Convaincue d'avoir à l'époque échappé à une tentative d'homicide, son ex-épouse dit tout le mal qu'elle pense de cette fratrie : « Dans les mains des frères Gillet, nous, les femmes, sommes des jouets. On ne doit pas les quitter, ce sont eux qui décident. J'ai vécu des trucs dingues avec eux. Ce sont des gens violents avec ceux qui ne vont pas dans leur sens. Ils se sentent protégés. Philippe m'a dit un jour : les gendarmes ne sont pas près de me baiser. »

Dans l'ombre, les deux filles de Philippe Gillet, hébergées chez leur grand-mère la nuit au cours de laquelle Anaïs a disparu, souffrent des soupçons qui pèsent sur les larges épaules de leur père. Aux gendarmes, Victoria, l'aînée, âgé de 13 ans et en classe de cinquième, parle d'Anaïs comme d'une amie avec qui elle partageait des promenades à cheval. Comme son père, elle la croit en fugue et lui reproche l'agitation qui commence à bouleverser son quotidien. « Si je voyais ma photo à la télé, je reviendrais. Pour moi, elle est partie volontairement mais je ne vois pas pourquoi elle a fait ça », dit-elle. Le collège de Victoria est aussi celui d'Alice, l'adolescente qui a dérobé 400 euros à Anaïs et qui confie aux enquêteurs : « Hier, à la récréation du matin, il y avait plein d'élèves autour de Victoria. Elle ne pleurait pas mais avait les yeux brillants. Elle m'a dit que des filles étaient après elle et que c'était à propos de son père et la disparition d'Anaïs. » Irina, la petite sœur de Victoria, âgée de seulement 10 ans, fond en larmes lors de son audition : « J'ai peur parce que des gens disent que papa a fait des choses à Anaïs alors que c'est pas vrai. Il n'a rien fait. Je ne veux pas que papa aille en prison. » Elle a appris la disparition d'Anaïs en découvrant son visage affiché sur les murs de la gare de Sedan, où elle passait avec son père. « Il m'a dit qu'elle avait disparu, c'est tout. » À son sujet, elle résume : « Quand il y a un problème, papa me dit : le premier qui t'embête, tu lui mets une torgnole. Il me dit aussi : t'as déjà vu quelqu'un m'embêter ? Non ? Ben fais comme moi. »

Bien que focalisés sur l'hypothèse Gillet, les militaires ne veulent négliger aucune piste. Début juin, Didier Turk écrit aux trois cents amis Facebook d'Anaïs et laisse son mail au cas où ceux-ci auraient de nouvelles informations.

S'ils suspectent l'agriculteur, des proches d'Anaïs n'en finissent pas d'échafauder différents scénarios. À bout de nerfs, Madissone imagine son amie séquestrée dans l'appartement de Patricia et, les semaines suivantes, enregistre ses conversations avec son ancienne voisine. À l'espoir d'une survie, on s'accroche comme on peut. Un jour de juin, elle rend visite aux Guillaume. Une fois de plus, chacun répète ce qu'il sait, ce qu'il suppose, ce qu'il ignore. Dans la chambre d'Anaïs, Valérie a retrouvé une clé de leur appartement. Madissone décide d'y retourner. Entre ces murs, les souvenirs se bousculent. Son cœur s'affole. Dans la cuisine, une petite porte condamnée mène à un sous-escalier. Elle l'ouvre. La lumière ne marche plus. Une odeur pestilentielle envahit ses narines. Pendant une fraction de seconde, elle imagine Anaïs à ses pieds, là, dans la pénombre, morte. Mais non. Elle passe en revue les autres pièces. Dans la chambre qui servait de débarras, une latte de plancher a été retirée. Sous le bois, des VHS de films pornographiques, alors que personne n'habite ici depuis leur départ. De nouveau, l'espoir que ce gigantesque cauchemar puisse trouver un début d'explication. Madissone appelle Valérie. « Prends des photos mais ne touche à rien ! » intime la mère d'Anaïs. Madissone se dépêche de quitter les lieux. Elle n'y reviendra plus.

21.

Les deux téléphones remis par Philippe Gillet sont expertisés. Outre le sien, l'agriculteur a laissé celui de Céline, son épouse accidentellement décédée quinze mois plus tôt, dont la ligne a été conservée. Les fadettes et géolocalisations du portable d'Anaïs sont également passées au crible. Ces investigations techniques, rédigées à la fin du mois de juin, révèlent des éléments accablants contre l'agriculteur.

Détaillons. Le 16 avril, à 23 h 48, nuit au cours de laquelle Anaïs disparaît, il l'a appelée sept secondes, ce qu'il n'a jamais mentionné pendant ses auditions. Plus rien ne se passe jusqu'à 4 h 18, à l'exception du SMS et de l'appel de Patricia à Anaïs pour savoir si elle compte repasser. Anaïs ne répond ni à elle ni à sa famille. À 4 h 18 et 4 h 20, deux appels sont émis du téléphone de Philippe Gillet vers celui de Céline Gillet. À 4 h 20 survient une première manipulation : la carte SIM de Céline Gillet est insérée dans le boîtier téléphonique d'Anaïs. À 4 h 26, la ligne d'Anaïs émet un message vers celle de Philippe Gillet : *Coucou ca va ? j ai perdu ma carte chez toi tu peut regarder si tu la stp.* L'envoi échoue, faute de crédit suffisant. La carte SIM d'Anaïs est alors insérée dans l'appareil de Céline Gillet. À 4 h 31, un SMS est émis de la ligne de Philippe Gillet vers celle d'Anaïs : *Merci pour cette belle soirée et ce câlin magique. Tu aurais pus me réveiller quand tu est parti. Belle nuit. Bisousssssssss.* À 4 h 32, un SMS de la ligne d'Anaïs tente d'être envoyé vers celle de Philippe Gillet : *Merci à toit aussi.* L'envoi échoue, là encore faute de crédit suffisant. La carte SIM d'Anaïs se trouve toujours dans le boîtier de Céline Gillet. Une minute plus tard, à 4 h 33, la ligne de Philippe Gillet émet un message vers celle d'Anaïs, qui le reçoit seulement à 4 h 41, lorsque la carte SIM d'Anaïs est réinsérée dans son boîtier téléphonique d'origine. Là s'achèvent les échanges des cartes SIM d'Anaïs et Céline Gillet, débutés à 4 h 20.

Pour les enquêteurs, cette nuit-là, une même personne a eu entre ses mains les téléphones d'Anaïs Guillaume et de Céline Gillet. D'autres investigations révèlent que le portable de Céline Gillet est resté désactivé entre le 3 juin 2012, date de sa précédente utilisation, et le 17 avril 2013 à 4 h 18 du matin. À 4 h 20, la carte SIM est activée alors qu'elle se trouve dans l'appareil d'Anaïs. De 4 h 26 à 4 h 32, celui de Céline Gillet est mis en activité avec la carte SIM d'Anaïs. Lorsqu'il a remis ces deux portables à Didier Turk, Philippe Gillet a pourtant assuré ne pas s'être servi de son téléphone avant 4 h 31 cette nuit-là, et ne pas être à l'initiative de ces appels, alors que les échanges de cartes SIM et ses messages se situent dans les mêmes créneaux horaires.

Trois hypothèses sont envisagées. La première apparaît impossible : Anaïs Guillaume a interverti les cartes SIM entre les téléphones. Dans ce cas, ce serait elle qui devrait être en leur possession, alors que celui de Céline Gillet a été apporté aux gendarmes par… Philippe Gillet. En outre, aucun ADN féminin n'a été retrouvé sur les deux portables. La deuxième option semble plus crédible : Philippe Gillet a interverti les cartes SIM entre les téléphones. Il a apporté aux enquêteurs le téléphone et la carte SIM de son épouse : c'est donc lui qui a été en possession des deux téléphones au moment des messages. Même avec une puissante force d'imagination, la troisième hypothèse est délicate à concevoir : une tierce personne a été cette nuit-là en possession de ces téléphones et a interverti les cartes SIM. Ce qui impliquerait que cet individu se soit introduit chez Philippe Gillet, qu'il ait utilisé le portable de ce dernier pour les appels de 4 h 18 et 4 h 20, qu'il ait su où trouver le portable de Céline Gillet et, enfin, qu'il ait quitté les lieux sans être vu par Philippe Gillet, pourtant réveillé à cette heure. Une contradiction est relevée entre les déclarations de l'agriculteur et les constatations téléphoniques : lui assure qu'Anaïs n'était plus là quand il s'est réveillé à 4 h 31 alors qu'à cette heure, la carte SIM de la jeune femme se trouvait dans l'appareil de Céline Gillet. À ces révélations, il n'a aucune explication et se contente de répéter qu'il ne comprend pas.

L'historique téléphonique de la relation entre Philippe Gillet et Anaïs Guillaume est étudié. Entre le 1er novembre 2012 et le 3 mai 2013, 3 373 communications et SMS sont recensés. Le premier a initié 230 appels et envoyé 844 SMS. La seconde a initié 73 appels vocaux – 202 autres sont redirigés vers le répondeur de Gillet – et 2 022 SMS. Au vu de leurs habitudes, les messages et appels émis entre 4 h 18 et 4 h 50 sont très inhabituels. Un autre élément, enfin, retient l'attention : depuis la disparition d'Anaïs, Gillet lui a seulement adressé trois SMS : le 17 avril à 12 h 32, *Coucou, ca va ? T es levé ? Je mange et on y va. Ok ?*, puis à 13 h 09, *Bon, pas de réponse, je m'en vais. Je comprends pas qu'à ton age tu dort autant. Comment veut tu avoir une vie structurée si tu continue comme ça. Reveil toi bordel. Hier soir, on a passé une soirée magique, tu part dans la nuit comme une voleuse pour pas déplaire à ta mère et aujourd'hui tu réponds pas. Je te comprend plus du tout. Qu'est ce tu veut à la fin !! Peut êt reà ce soir si tu daigne me répondre. Bisousssssssss*, et, enfin, un dernier dans l'après-midi du 18 avril. Et sinon ? Rien, à l'exception de sa demande en mariage sur Facebook écrite dans le salon des parents d'Anaïs. Pour quelqu'un qui la croit en fugue, cela semble peu. À titre de comparaison, Jérôme lui a adressé 7 SMS et a tenté 2 appels.

Malgré tout, ces éléments ne suffisent pas à convaincre la juge d'instruction, dont c'est le premier poste à Charleville-Mézières, de requalifier la « disparition inquiétante » d'Anaïs Guillaume en motifs criminels, « séquestration » ou « enlèvement » par exemple, ce qui laisserait aux enquêteurs un cadre procédural plus souple, notamment la possibilité d'un placement en garde à vue.

De ces avancées, j'ignore tout. Je viens d'obtenir ma mutation à Reims, effective à la fin de l'été. Courant juin, je vais saluer le procureur des Ardennes au palais de justice. Dans son bureau, la discussion, informelle, en vient à la disparition d'Anaïs. Je relate brièvement mes rencontres avec les parents d'Anaïs et Philippe Gillet, au sujet duquel je préfère taire mon ressenti. Lui ne les a jamais vus. Sans rien dévoiler de l'enquête, il me confirme que la piste Gillet est privilégiée mais manque toujours d'éléments probants.

Quelques jours plus tard, le mystère de la disparition d'Anaïs Guillaume s'évade de mon quotidien. Le 29 juin, ma compagne, enceinte de six mois, est évacuée vers le CHU de Reims à cause d'un retard de croissance de notre bébé. Je l'accompagne jusqu'à l'ambulance puis roule pour la rejoindre. Une heure plus tard, je demande le numéro de sa chambre à l'accueil de la maternité. On me demande d'attendre. L'impression que quelque chose cloche. L'instant d'après, une femme à la blouse tachetée de sang se plante devant moi : « L'accouchement est déclenché. Le cœur de votre bébé décélérait, il fallait y aller. Attendez là, je reviens dans une heure. » Une heure plus tard : « Votre fille est née. Elle est en réanimation. On va vous amener la voir mais vous ne pourrez pas la toucher. Elle pèse 957 grammes. Votre femme va être conduite en salle de réveil. Elle a une photo de votre fille. Vous pouvez être fier d'elles. » Une autre vie commence. Les Ardennes s'éloignent de mes pensées.

Indifférent aux rumeurs qui l'entourent, l'agriculteur continue d'élever ses filles et de labourer ses champs. Le 17 août, il participe à un enterrement de vie de garçon, débutant par un baptême d'ULM. Parmi les convives, il est l'un des quatre à se laisser tenter. Dans les airs, il demande au moniteur si un détour serait possible pour survoler son exploitation. Les deux hommes échangent par casque audio. Quand Gillet précise son nom au détour d'une phrase, le moniteur fait le lien avec « l'affaire Anaïs Guillaume ». À cinq cents mètres au-dessus du sol, il préfère éviter le sujet et accepte de quitter l'itinéraire habituel. Gillet, enfin au-dessus de tous ceux qui le guettent, profite des panoramas ardennais et de cette sensation de liberté, décuplée à cette altitude. Le groupe va ensuite s'amuser au karting de Douzy et dîner dans un restaurant de Florenville, de l'autre côté de la frontière. La fête se poursuit dans une discothèque, toujours en Belgique. À l'aube, l'un des invités offre le petit déjeuner avant que chacun rentre se coucher. Parmi eux, le futur marié, déguisé en toréador. Ce jeune pompier connaît Gillet pour être intervenu à deux reprises dans sa ferme. La première, c'était en 2011, pour un incendie. L'intervention avait été compliquée. Accéder à la réserve d'eau était impossible et les premiers intervenants – dont il faisait partie – ne disposaient pas d'un volume suffisant. Avant l'arrivée de renforts, Gillet, agacé de ne pas voir ce feu éteint plus vite, en était venu aux mains avec le chef de centre, puis avait arraché l'appareil photo des mains du capitaine pour le jeter sur le toit. Des gendarmes étaient venus le calmer. La seconde action du futur marié sur l'exploitation de Gillet remonte au 3 janvier 2012. De celle-là aussi, il se souvient très bien. À son arrivée, Céline Gillet était allongée au sol, en arrêt cardiorespiratoire.

Collusion

22.

L'été 2013 s'achève. La fiche de recherche d'Anaïs est relayée dans plusieurs pays voisins et au-delà des frontières de l'espace Schengen via Interpol. L'enquête piétine.

Dès qu'il le peut, Didier Turk retourne dans les environs de Carignan, laisse sa carte aux commerçants, pousse les brigades locales à rester sur la brèche. Le directeur d'enquête veut aussi convaincre la juge d'instruction de l'ampleur des indices accumulés contre Philippe Gillet. En janvier 2014, il rédige à l'attention de cette magistrate une synthèse relative aux inversions de cartes SIM survenues dans la nuit du 16 au 17 avril entre les portables d'Anaïs Guillaume et Céline Gillet. Ces manipulations, insiste-t-il, constituent « l'élément le plus troublant et impliquant directement l'intéressé dans une hypothèse criminelle ». Sous la plume du gendarme, la chronologie des faits accable l'agriculteur.

Au soir du 16 avril, il l'invite à venir essayer un véhicule chez lui.

Anaïs hésite à le suivre et assure à Patricia qu'elle repassera plus tard.

Anaïs disparaît de chez lui en pleine nuit.

La dernière antenne-relais accrochée par son téléphone couvre le domicile de Gillet. Il ne la recherche pas les jours suivants.

Anaïs envisageait une aventure avec son ancien voisin.

Le comportement intimidant voire violent de Gillet semble notoire dans le secteur.

« En raison de la personnalité de l'intéressé, une simple audition de témoin ne permettra pas de le confronter efficacement à ses contradictions », regrette l'enquêteur. Sa volonté de placer le suspect en garde à vue est explicite. Mais le cadre juridique dont il dispose, toujours une simple « disparition inquiétante », ne le lui permet pas – et cette synthèse édifiante ne va rien changer.

Une autre réalité dépasse le cadre ardennais. Depuis mars 2008, des pôles de l'instruction dédiés aux affaires criminelles ont été créés dans 91 tribunaux de France. À partir de cette date, l'instruction doit être transmise au pôle criminel dont dépend le tribunal. Ces pôles ont été imaginés pour pallier les effets potentiellement redoutables de la solitude du magistrat instructeur, illustrée par le cas du jeune juge Burgaud, chargé de l'enquête d'Outreau, qui, en 2005, s'était soldée par treize acquittements. Avec cette nouvelle carte judiciaire, Charleville-Mézières et les Ardennes dépendent du pôle criminel de Reims. Dans le cadre de la disparition d'Anaïs Guillaume, admettre que la piste criminelle est la plus probable reviendrait à laisser ce dossier partir à Reims.

Une nouvelle information attise encore les suspicions autour de Philippe Gillet. Au matin du 16 avril, quelques heures avant la disparition d'Anaïs, l'agriculteur est allé acheter de la chaux vive chez Huro'Agri, à Margut, un magasin où il a laissé le souvenir d'un client coutumier des retards de paiement. Cette fois, il a bien réglé la somme de 13,38 euros par chèque et est reparti avec deux sacs de vingt-cinq kilos. Jamais il n'a mentionné cet achat aux gendarmes qui ont épluché son emploi du temps. Les époux Guillaume l'ont vérifié en trois clics : la chaux vive est un produit si corrosif qu'il dissout piercing et plombages.

Madissone, elle, ne va pas bien. Ne pas savoir ce qui est arrivé à son amie la dévore. Elle se surprend à penser qu'elle est suivie quand elle met le nez dehors. Anaïs aurait-elle été victime d'un inconnu ? Les crimes de Michel Fourniret et Monique Olivier, condamnés en 2008, rôdent encore dans les mémoires. Le 14 février 2014, à l'occasion de la Saint-Valentin, Madissone décide de faire un tour à La Marlière, la plus grosse discothèque du coin de ce côté de la frontière. Au comptoir d'une des deux salles, la voilà en train de siroter un verre et d'observer les ombres onduler sous les stroboscopes. Des souvenirs l'étreignent. Elle n'a pas 20 ans et tout ça semble si loin… Soudain, l'une des silhouettes en bord de piste lui semble familière. Un coup de parano ? Non, c'est lui, vraiment. Gillet. À côté de lui, une fille, la vingtaine. Madissone se raidit. Elle ne veut pas le voir, pas lui parler. Elle file vers la sortie mais il se plante devant elle, souriant. Par chance, elle aperçoit un ami, l'appelle d'un signe de la main. Le jeune homme, un garçon aux larges épaules, s'approche. Elle le présente à Gillet et, se sentant sécurisée, pose à l'agriculteur la question qui lui brûle les tripes : « Qu'est-ce que t'as fait à Anaïs ? » Gillet ne soutient pas son regard, jure qu'il n'a rien fait, semble retenir un sanglot, répète qu'il ne sait pas où elle est. Madissone doute. Elle voudrait le croire mais n'y arrive pas. Cette discothèque, la fille avec qui il dansait… Sous une pluie de décibels, le silence entre eux devient embarrassant. Gillet s'en retourne vers la piste. Sur le parking, Madissone se calme et repart dans la nuit en vérifiant qu'aucun phare ne la suit.

Trois mois passent.

Avril 2014. Anaïs a disparu depuis un an. Les gendarmes reprennent contact avec Gillet. Des fouilles seront menées le lendemain sur ses terres, lui apprennent-ils sans plus de précisions. Autour de son domicile, un dispositif de surveillance est mis en place, prêt à scruter ses allées et venues. Dépêchés de Reims, des personnels spécialisés planquent toute la nuit. Au petit matin, des enquêteurs de la section de recherches arrivent, accompagnés d'un expert de l'Institut de recherche criminelle de la gendarmerie nationale (IRCGN) venu avec une antenne-radar capable de détecter les irrégularités du sous-sol. La parcelle inspectée ne révèle aucune anomalie. Gillet subit un prélèvement ADN et répète aux enquêteurs qu'ils perdent leur temps. Le dispositif de surveillance est maintenu la nuit suivante. Rien à signaler, là encore.

Sa ligne est placée sur écoute pendant un mois. 782 communications sont enregistrées. Celle du 11 avril, entre Gillet et l'un de ses amis, peu avant les nouvelles fouilles, est l'une des rares à évoquer la jeune femme disparue.

Philippe Gillet (PG) : — Aujourd'hui, c'est journée gendarmerie.

X : — Ah ?

PG : — Ouais ouais. Alors ça y est, ça va encore recommencer (...). Y a des bleus plein la prairie et puis voilà. Y a des journalistes qu'attendent de savoir quoi.

X : — Ah ben ça ! Ah puis ils sont dans le coin en ce moment-là, non ?

PG : — Je sais pas.

X : — Un mec qu'a été retrouvé mort, j'sais pas quoi là, chez quelqu'un !

PG : — Ah bon ?

X : — À Carignan. C'est sur le journal. Une fête d'anniversaire qu'a mal tourné. Le lendemain, ils ont retrouvé un mec qu'était mort.

PG : — Pfff…

X : — Chez un gars ! Le journal montrait la photo d'identification criminelle et tout le bazar.

PG : — Hum hum… Ils aiment bien, ça leur passe le temps.

X : — Oui ben s'ils ont de l'argent et du temps à perdre…

PG : — Comme y a beaucoup de gens à occuper maintenant, ils vont les occuper à ça. Bon enfin bon ça fait chier, encore une journée de perdue pour rien ça.

X : — Ben oui je me doute. Tu peux pas bouger pendant ce temps-là ?

PG : — Ce serait bien qu'ils cherchent à la bonne place.

X : — Ah ben c'est sûr ! Après s'ils la connaissaient, la bonne place, je crois que ça serait réglé depuis longtemps.

PG : — Euh oui, mais c'est pas en cherchant là qu'ils vont trouver ou alors à moins qu'on m'ait fait une vacherie mais…

X : — Ah ben ça on saura jamais. Je pense qu'on saura jamais, hein ? Celle dans le sud ça fait vingt ans, on aura jamais rien su non plus, hein ! Après, y a des gens qui partent à l'autre bout du monde et puis voilà, tu sais pas où ils sont ! Ça, c'est autre chose aussi.

PG : — Moi je suis persuadé que c'est le cas mais… Elle en avait déjà parlé mais bon…

X : — On saura jamais de toute façon, je crois que…

PG : — Bah elle avait décidé de faire table rase et partir à l'autre bout du monde donc…

X : — Elle est partie en Australie avec les kangourous (rires) !

PG : — Voilà ! Puis tu vois bien, chercher une blonde, si ça se trouve elle s'est rasé les cheveux et puis…

X : — Oui ben oui, c'est sûr !

PG : — Changer de couleur, ça y est tu la reconnais plus !

X : — C'est certain !

PG : — Enfin, des conneries tout ça !

X : — Ouais, c'est clair !

Le nouvel appel à témoins diffusé dans les médias locaux engendre encore délations anonymes et propos péremptoires. Anaïs est vivante, Anaïs est morte. Anaïs est en France, Anaïs est à l'étranger. Fin avril, trois Belges poussent la porte de la gendarmerie. Le premier entre en contact avec les morts par écriture intuitive, le deuxième reçoit des messages des défunts, la troisième se dit passeuse d'âme. Ils aboutissent à la même conclusion : Anaïs a été tuée dans la commune des Deux-Villes, entre Carignan et la frontière franco-belge, étranglée par un fermier prénommé Luc qui n'aurait pas supporté qu'elle se refuse à lui. Son corps se trouve dans un ruisseau. Pour crédibiliser son propos, le trio est venu avec une lettre d'Anaïs. Extrait : « Je sais que s'est délicat pour toi car tu n'es pas encore reconnu comme Médium mais pourtant s'est bien moi qui communique avec toi et se que je te dis tu peux le transmettre pour faire progresser l'enquête mais s'est toi qui décide mais tu verras plus tard que tu avais raison. » Valérie et Fabrice Guillaume sont eux aussi sollicités. Un homme leur assure qu'Anaïs est à Montpellier, hospitalisée à la clinique Saint-Martin, qu'il faut lui adresser un mandat cash qu'il se propose de faire suivre. Deux jours plus tard, Fabrice reçoit un message : « J'ai retrouvé votre fille. » Les gendarmes remontent le numéro de l'appelant et découvrent un garçon de 11 ans qui avoue avoir eu l'idée de monter ce canular avec des copains après avoir vu une affiche d'Anaïs, près de la bibliothèque. Il regrette, honteux, pendant que sa mère demande : « Si vous pouviez aussi transmettre mes excuses à la famille ? »

Août 2014. Didier Turk adresse une nouvelle synthèse à la juge d'instruction. Prenant la peine de soupeser toutes les hypothèses, il en revient à Philippe Gillet. « Il nous est difficile de croire qu'il n'a pas joué un rôle actif dans la disparition d'Anaïs Guillaume. » Son mobile ? « La jalousie, l'altercation qui dégénère, la menace de divulguer un secret sont autant d'explications plausibles, mais incertaines certes. »

Le 19 décembre 2014, plus d'un an et demi après la disparition d'Anaïs, le parquet de Charleville-Mézières se décide à transmettre la procédure en vue de l'ouverture d'une information judiciaire au pôle de l'instruction de Reims, la nature criminelle de cette disparition s'avérant « hautement probable ». La jeune femme n'a plus donné signe de vie depuis 611 jours… Le parquet de Charleville-Mézières complète son argumentaire : « La qualification de "séquestration sans libération" permettrait aux enquêteurs de faire usage de mesures plus coercitives envers le principal suspect, susceptibles de permettre la manifestation de la vérité. » Le souhait de Didier Turk de placer Philippe Gillet en garde à vue semble en passe d'être exaucé. Mais personne ne pense à le prévenir. Dans les premiers jours de l'année 2015, le directeur d'enquête apprend par… la mère d'Anaïs Guillaume que les investigations seront désormais pilotées par le pôle criminel de Reims. Après vérifications, le dossier se trouve encore dans les étages du tribunal de Charleville-Mézières. Pour ne pas perdre davantage de temps, Didier Turk vient lui-même récupérer ces milliers de pages, les entasse dans le coffre de son véhicule et repart jusqu'à Reims. Arrivé au palais de justice, il pousse la porte du bureau du parquetier de permanence. Laurent de Caigny, le procureur adjoint, est en train d'échanger avec des policiers. Didier Turk connaît bien ce magistrat à la fine moustache et au rire tonitruant. D'humeur badine, Turk justifie sa visite :

« Je fais juste le coursier pour un dossier qui arrive de Charleville…

— Lequel est-ce ?

— Anaïs Guillaume. »

Laurent de Caigny s'agace, surpris de ne pas en avoir été informé, et menace de l'y renvoyer. Il donne rendez-vous deux semaines plus tard au directeur d'enquête pour évoquer l'avenir de ce dossier. Turk s'y rend avec un collègue. Le jour J, les deux enquêteurs livrent la synthèse de leurs investigations, depuis des mois dans l'impasse. Face au scepticisme de leur interlocuteur, Didier Turk peine à masquer sa colère. Depuis près de deux ans, l'enquête a permis d'écarter toutes les pistes sauf celle menant à Philippe Gillet, martèle-t-il. Quand le magistrat lui demande quel chef d'accusation justifierait une ouverture d'information criminelle, il perd son calme : « Vol à l'étalage si vous voulez, mais je veux pouvoir mettre ce type en garde à vue ! » Laurent de Caigny reste inflexible : à défaut de corps ou d'aveux, pas question que son parquet désigne l'un des juges d'instruction du pôle criminel pour poursuivre les investigations. Turk sort du bureau furieux, convaincu que le procureur adjoint n'a même pris la peine de lire le dossier.

La logique finit par l'emporter. Le 2 février 2015, Fabrice Belargent, procureur de Reims et supérieur hiérarchique de Laurent de Caigny, acte le dessaisissement de Charleville-Mézières au profit de celui de Reims « en raison de la probable nature criminelle des faits », écrit-il. Une instruction est ouverte contre X, du chef de « séquestration sans libération ». L'expérimenté juge Pierre Creton est désigné. Une autre dynamique judiciaire peut enfin s'envisager.

23.

Caroline se verrait bien devenir juge des enfants ou journaliste politique. En attendant, cette adolescente poursuit ses études dans un lycée privé de la région. Passionnée d'équitation, elle n'a jamais échangé avec Anaïs Guillaume, de six ans son aînée, mais le hasard les relie : l'une des selles volées par Anaïs et Madissone lui appartenait… Ces derniers temps, Caroline fréquente un autre centre équestre. En octobre 2014, peut-être novembre, un samedi en tout cas, elle y croise un homme qui, avec d'autres, projette de passer la soirée à La Marlière. Invitée, Caroline accepte de se joindre à eux, vaguement intriguée par cet homme mûr, fort, différent de ses camarades. Quelques heures plus tard, le voilà sur la piste de danse. Elle a beaucoup bu, lui aussi sans doute. Elle s'approche un peu plus, juste pour voir. Ça n'a pas l'air de lui déplaire, alors elle l'embrasse. Quand elle rouvre les yeux, Philippe Gillet lui sourit. Plus tard, ils recommencent. Pas question pour Caroline que cette histoire arrive aux oreilles de ses parents.

Les week-ends suivants, la même troupe retourne à La Marlière. Gillet offre le champagne. Au bout d'une de ces nuits, il couche avec Caroline dans son 4 × 4 et elle se dit qu'elle est amoureuse.

L'année 2014 s'achève. Au centre équestre se profile la soirée du nouvel an. Parmi la quinzaine de convives, Caroline et Gillet rient et s'embrassent. Après l'apéritif, tout le monde roule vers La Marlière. La fête bat son plein. Tout va bien. Jusqu'à ce que Caroline voit Philippe embrasser une autre fille du centre équestre.

Quelques heures plus tôt, Aurélie s'est retrouvée à côté de l'agriculteur devant la discothèque et, spontanée, lui a offert l'entrée. L'alcool, ce soir-là, coule encore à flots. Très tard, au vestiaire, il l'embrasse alors qu'elle lui parle. Ivre au point d'être expulsée par un videur, l'étudiante va se reposer dans la voiture de Gillet. Caroline, elle, a tout vu. À l'aube, la bande du centre équestre s'en va dormir là où la fête avait débuté. Aurélie et Philippe s'écroulent sur un canapé pendant que Caroline, allongée dans un couloir, tente de trouver le sommeil. Au réveil, l'agriculteur, entouré de Caroline, Aurélie et quelques autres, enchaîne dans un bar de Florenville, en Belgique. Aurélie et Philippe s'embrassent, indifférents à Caroline. Elles en viennent aux mains quand Gillet les sépare, amusé de les voir se disputer pour lui.

Aurélie et l'agriculteur se revoient. Sa relation avec cet homme, qu'elle trouve doux et attentionné, se confirme.

Gillet, lui, s'amourache, se dit qu'il a encore droit au bonheur. Chaque fin de semaine ou presque, ils dansent et s'embrassent à La Marlière, où ils assistent un soir à l'élection de Miss XS Champagne, concours de beauté réservé aux jeunes femmes trop petites pour participer à Miss France. Janvier s'achève en même temps que leur idylle. Aurélie quitte Philippe au motif que sa mère a eu vent de leur relation. En réalité, elle a pris conscience qu'elle n'était pas amoureuse. Gillet, les poings serrés de frustration, peine à encaisser. Le samedi suivant, ils se croisent à l'après-midi crêpes organisée au centre équestre. À l'abri des oreilles indiscrètes, il lui demande si elle ne veut pas revenir sur sa décision. Elle décline, ferme, remarque ses poings serrés, encore.

Deux jours plus tard, le 10 février 2015. À midi, Aurélie, qui vient de débuter un stage dans le cadre de ses études, quitte le bureau et rejoint sa voiture sur le parking. Une enveloppe a été glissée sous l'essuie-glace. Elle l'ouvre.

> « Mademoiselle,
>
> Je vous prie de bien vouloir lire entièrement ce qui suit : nous sommes une organisation à but très lucratif et, de ce fait, très puissante, mais des plus discrètes. Notre efficacité est sans failles, à toutes épreuves et sans limites. Voilà pour nous et vous n'en saurez pas plus. Nous avons besoin de vous, nous savons où vous habitez à Sedan, connaissons

vos parents et leurs habitudes, vos sœurs, les horaires des deux plus jeunes à leur collège… ça, c'est le plus simple mais nous allons aussi dans les téléphones portables, les connections internet, les banques (…). Notre visite dans votre téléphone portable est d'une richesse fabuleuse mais vous rend hautement vulnérable.

Venons-en aux faits : dernièrement vous avez eu une aventure avec monsieur philippe gillet de fromy, et c'est ce monsieur qui nous intéresse. C'est quelqu'un qui paraît complexe, qui a mauvaise réputation, n'a pas eu de chance mais de façon professionnelle, pour nous, qui est un geni et une perle rare dont il est absolument impensable de se passer. Nous gagnons des sommes astronomiques grâce à lui et sans qu'il ne s'en doute ni le sache ; un geni mais faible, incapable de gérer ses émotions et c'est là que vous entrez en ligne de compte. Dans le monde des affaires, il n'y a pas de place pour les faibles. Vous lui avez promis des perspectives d'avenir, vous l'avez fait rêver et il est devenu amoureux comme un collégien. Nous avons failli intervenir car nous pension que vous alliez nous nuire. Tout le contraire s'est passé et il est devenu deux fois plus performant. Sauf que dernièrement, vous l'avez remercié, sans ménagement d'ailleur, et activé ses faiblesses… Maintenant il est hors service alors qu'il faut absolument qu'il soit au mieux de sa forme en ce moment. Vous n'en saurez pas plus par contre vous allez contribuer au bon rétablissement de mr gillet. Vous ne voulez certainement pas qu'il arrive maleur à vos proches (...). Voici le programme que vous allez respecter a la lettre (...) : vous lui donnerai une explication plosible de votre envie de revenir, vous y passerai la nuit et serez aussi docile qu'il le faut meme quitte a faire la pute ou la cochonne mais vous avez une obligation de resultat. Vous aurez d'autres directive les jours suivant ; il est bien evident que personne ne doit etre au courant a part vous (...) nous sommes prêt a tout ne l'oubliez pas nous n'hesiterons pas a faire subir les sevice les plus cruels a vos sœurs avant de les envoyer au septième ciel (...) sacrifiez-vous un peu pour le bonheur des votres, vous n'avez certes pas l'habitude mais Vous etes surveillée au plus pres ; un seul faut pas et la machine se met en marche... ce n'est surement pas ce que vous voulez, faite le bon choix, Vous sanglotez certainement mais n'oubliez pas de rester plosible.

Ps : évidement, pas d'empreintes ni adn »

Aurélie songe à Philippe Gillet avant même la fin de sa lecture. Cette lettre est la sienne, forcément. Elle contacte la responsable du centre équestre et fonce la rejoindre. À son tour, celle-ci découvre le courrier, se dépêche d'en faire une copie. Une demi-heure plus tôt, Gillet l'a justement appelée pour lui annoncer qu'il venait de recevoir une lettre anonyme... 12 h 16, le portable d'Aurélie vibre. Premier SMS : *Vous recevrez des messages par ce numéro. Pas d'espoir pour vous. Il s'agit d'une carte anonyme prépayé enregistré au nom d'un de vos proches. Aucune chance de nous tracer si l'idée d'aller voir la police vous traversait l'espris. Par contre, ce serait le début d'une longue descente aux enfers. Ne dite rien à personne, exécutez les directives à la lettre et vous aurez une vie normale.* Le deuxième arrive une minute plus tard : *Nous avons des clichés de vous totalement dénudée prise à votre insu. Beau visage mais gros corps. Si vous ne vous exécutez pas d'ici moins de cinq minutes, nous mettons ces clichés sur les réseaux sociaux. Alors vite.* Le troisième lui parvient à 12 h 18 : *Puisse que nous ne somme pas pris au sérieux, vous allez voir.* Désemparée, Aurélie ne veut pas rester seule. La responsable du centre équestre la ramène à son lieu de stage. Dans les bureaux, deux de ses collègues se penchent sur le courrier et recommandent à Aurélie de déposer plainte immédiatement, ce qu'elle va faire à la brigade de Carignan. Elle retourne ensuite au centre équestre, d'où elle appelle Philippe Gillet. Son domicile vient d'être cambriolé, lui apprend-il.

Ces temps-ci, Amélie fait le ménage chez Philippe Gillet, une vingtaine d'heures par mois, sans planning ni contrat. Ce 10 février, après avoir ramené ses enfants à l'école, cette jeune pompier volontaire arrive chez l'agriculteur et se fige en découvrant la porte du garage ouverte. Il est un peu plus de 13 h 30. À l'étage, Amélie découvre des papiers éparpillés au sol. Elle téléphone à Gillet qui arrive, quelques minutes plus tard, l'air « démuni, blanc, en sueur », dira-t-elle. Regard dans le vague, il répète que la vie s'acharne contre lui. Aux gendarmes, il liste ce qui lui a été volé : 5 000 euros en espèces, deux ordinateurs, des bijoux et un portable acheté le matin même. Il soupçonne ouvertement l'un de ses anciens employés, dépeint comme un toxicomane passé par la case prison, d'être impliqué dans ce cambriolage. Il raconte aussi qu'une récente rupture amoureuse l'a anéanti, au point de se confier à cet employé qui lui aurait conseillé d'écrire ses sentiments à cette Aurélie. Bien que cela ne soit pas dans ses habitudes, Gillet explique s'être essayé à l'exercice, avant de glisser son courrier dans une enveloppe, laissée entrouverte sur le siège de son véhicule. Le matin même, il se serait décidé à déposer sa missive sur le pare-brise de la jeune femme, s'étonnant, au moment de la reprendre dans sa voiture, de trouver l'enveloppe fermée alors qu'il pensait l'avoir laissée ouverte. Peu avant 13 heures, l'une de ses connaissances lui aurait ensuite appris qu'Aurélie venait de recevoir une lettre de menaces anonyme. Face aux militaires, Philippe Gillet en est persuadé : dans cette histoire, il est victime d'un complot.

À son domicile, aucune autre empreinte que les siennes n'est retrouvée. Aucun indice susceptible d'en apprendre davantage n'est relevé. Reste à vérifier que le téléphone que Gillet déclare volé n'a pas, depuis, été utilisé par le voleur, ce qui permettrait de le géolocaliser. Quand les gendarmes évoquent cette piste, Gillet modifie son récit : il n'a pas acheté un portable, seulement une puce, destinée à être insérée dans un vieux téléphone qu'il voulait donner à un employé en proie à des problèmes avec le sien.

Seul, Didier Turk a passé la matinée dans les environs, déterminé à labourer encore une fois le terrain, comme le lui ont appris ses prédécesseurs au sein de la section de recherches. Avant midi, il reçoit l'appel d'un commerçant à qui il a laissé sa carte quelques mois plus tôt. Ce gérant d'une enseigne de téléphonie lui apprend que Philippe Gillet vient d'acheter une puce téléphonique en précisant qu'elle était destinée à un employé. Avant, l'instant d'après, de revenir se plaindre au motif que son numéro de téléphone s'affichait lorsqu'il envoyait des SMS. Intrigué, le directeur d'enquête se remémore les déboires téléphoniques de l'agriculteur dans l'affaire de la disparition d'Anaïs Guillaume. Il a repris l'autoroute vers Reims lorsque la brigade de Sedan l'informe que ce dernier vient de déposer plainte pour cambriolage. Ah ? Quelques minutes plus tard, il apprend qu'une jeune femme vient de porter plainte après avoir reçu une lettre de menaces anonyme dans laquelle il est question de Philippe Gillet. Didier Turk fait demi-tour à la sortie suivante.

Le numéro utilisé pour adresser les trois SMS de menaces à Aurélie correspond à la carte SIM achetée le matin même par Gillet. La vidéosurveillance de l'entreprise où Aurélie travaille en alternance révèle la présence d'une Opel Corsa, semblable à celle de l'agriculteur. La facture de la carte SIM a été établie au nom d'un de ses commis de ferme, qui tombe des nues lorsque le gendarme chargé de l'interroger résume la situation : « Donc Gillet a acheté une puce à votre nom sans votre accord en demandant qu'elle soit intraçable. Un portable avec la carte SIM à votre nom a été volé le même jour lors d'un cambriolage à son domicile et a servi à envoyer des SMS à son ex-petite amie. Qu'en pensez-vous ?

— C'est tordu.

— Parfois, l'amour fait faire des choses étranges…

— La preuve, je suis devant vous. »

Le 12 février 2015, Philippe Gillet est placé en garde à vue pour la première fois de sa vie. Il ne reconnaît rien, répète qu'il est une victime et brandit un courrier anonyme qu'il prétend avoir trouvé la veille dans sa boîte aux lettres.

> « J'espère que ça fait de l'effet quand on est touché dans son amour propre. Ça fait le même effet quand vous déclarez votre flamme à une femme et qu'elle se moque de vous. Franchement je ne sais pas ce qu'elle a pu vous trouver cette pute. Vous êtes vieux, moche… Vous avez la force physique mais nous avons la force électronique et logistique. L'échange de lettres n'a pas fonctionné mais l'utilisation de votre téléphone nous

disculpe. Voilà ce qui arrive quand on laisse traîner ses plis ouverts dans des véhicules pas fermés et encore plus idiot pour la déposer sans vérifier. Hein, chou… Comme c'est touchant. Elle déclare la guerre, elle va l'avoir mais elle sera psychologique et vous pouvez faire ce que vous voulez avec elle. Pas de police mais de toute façon ils ne nous retrouveront jamais… Il n'y a aucune trace.

Adieu Monsieur Gillet. »

Cette lettre, il la trouve « vexante et insultante. C'est comme si le gars venait vous piquer la télé et revenait le lendemain prendre la télécommande en vous disant : je t'emmerde ». Il en est convaincu : ces lettres et le cambriolage de son domicile sont liés. « Je prends ça comme une vengeance de quelqu'un qui est jaloux de la relation que j'avais avec Aurélie. Ça va beaucoup trop loin et c'est vachement bien monté. » Pourtant, doit-il admettre, personne n'était au courant qu'il avait rédigé une lettre pour Aurélie. Interrogé sur les menaces reçues par la jeune femme, il lâche : « Mais c'est à gerber. Dégueulasse ! Vous voulez que je vous dise quoi, que celui que je chope qui a fait ça j'en fais de la saucisse ? Oui. C'est en train de monter, c'est sûr !

— Il est évident que vous étiez le seul bénéficiaire des directives de cette lettre reçue par Aurélie. Qu'en dites-vous ? reprend le gendarme.

— Je vais voir plus loin que ça. Moi, je digère pas tout – “vieux, moche”, ça, c'est en travers. Je connaissais certaines choses sur cette lettre mais je ne connaissais pas tout d'Aurélie. S'il y en a un devant moi qui la traite de pute, je le démonte.

— Toutes les personnes entendues sont unanimes pour dire que vous êtes l'auteur de cette lettre et que vous avez inventé cette histoire à dormir debout. Ne pensez-vous pas qu'il est temps de vous expliquer ?

— Celui qui a fait ça est proche d'Aurélie et moi. Pour connaître autant de renseignements, il faut avoir piraté son téléphone. Dans le courrier, il parle de mon amour-propre touché, c'est quand même bien réussi.

— Vous ne trouvez pas que la ficelle est un peu grosse ?

— Je suis bien d'accord que ça fait beaucoup. Mais je ne vais pas vous dire que c'est moi alors que c'est pas moi.

— Quel est l'intérêt de l'auteur de ce courrier ?

— Quand on voit comment c'est tordu depuis le début, on peut s'attendre à beaucoup de choses. C'est une façon de me remettre dans la merde. N'importe quel dernier des cons comprend que la combine ne va pas marcher. On se croirait dans *Mission impossible*, en plus mal fait. Je suis en garde à vue, là ! Dans l'affaire d'Anaïs, je ne l'ai même pas été et c'était plus grave. J'en parle car ça m'a touché. »

Derrière la vitre sans tain, Didier Turk ne perd rien de l'échange.

À l'issue de sa garde à vue, Philippe Gillet, laissé libre sous contrôle judiciaire, repart avec une convocation à honorer devant le tribunal correctionnel de Charleville-Mézières, où il sera jugé trois mois plus tard pour délit de « menace de crime contre les personnes avec ordre de remplir une condition ».

24.

Il a recommencé. Le courrier de menaces reçu par Aurélie fait l'effet d'une piqûre de rappel auprès de Didier Turk et son équipe. Que peuvent-ils faire pour convaincre les magistrats que Philippe Gillet n'est pas étranger à la disparition d'Anaïs Guillaume ? Ils replongent dans l'étude de leurs SMS, archivés dans le téléphone de l'agriculteur. Entre le 19 juin 2012 et le 18 avril 2013, ils ont échangé 813 messages. Celui envoyé à 4 h 26 dans la nuit du 16 au 17 avril retient leur attention : *Coucou ca va, j'ai perdu ma carte chez toi tu peut regarder si tu la stp.* À cette heure, les investigations ont établi que la carte SIM d'Anaïs se trouvait dans le boîtier téléphonique de Céline Gillet. *Tu peut* et non *Tu peux*, donc. Dans les 812 autres SMS, Anaïs ne commet qu'une seule fois cette faute – *Coucou mon ange sa va ? Tu peux mappelé dès que tu peut stp. Bisou jtm* – tandis que Gillet, lui, se trompe systématiquement – un exemple parmi d'autres, le 14 avril 2013 : *Tu pense me faire la gueule encore longtemps ? C compteur à zéro depuis le 7 mars 2013 ! Et depuis tu peut rien me reprocher. Je pensais quand même avoir des nouvelles suite à ton rdv. Bisous. Jtm moi.* Des lignes qui confirment aussi la distance alors prise par Anaïs.

Cette piste n'est pas la seule poursuivie par les enquêteurs. Depuis le début, un même écho leur est revenu à plusieurs reprises : Anaïs serait enterrée sous le tas de fumier en face de la maison de Philippe Gillet. Depuis près de deux ans, ils fouillent la ferme, le silo à grains, la fosse à lisier et ailleurs encore, mais n'ont jamais exploré ce champ. Un témoignage va transformer cette supposition, mêlée au brouillard des spéculations et rumeurs, en hypothèse sérieuse. Il émane de Nicolas, l'ancien commis de Philippe Gillet.

Leur première rencontre remonte aux derniers jours de l'année 2011, quand Nicolas est tombé en panne devant la ferme. Céline Gillet l'a recueilli, puis son mari. Les deux hommes ont en commun de ne pas compter leurs heures dans les champs. Nicolas, salarié au sein de plusieurs exploitations, a tenté en vain de s'installer à son compte. Quand Philippe Gillet lui propose du travail, il accepte. Quelques jours avant son arrivée, le nouveau commis, entouré de sa compagne et de leurs deux jeunes enfants, apprend le décès accidentel de Céline Gillet, survenu pendant la traite des vaches. À Fromy, Nicolas et Philippe s'activent dans la ferme et dans les champs du matin au soir. Ils s'entendent si bien que l'idée de s'associer est évoquée.

Anaïs Guillaume est la seule à les suivre dans leurs journées de labeur. Si elle doit parfois s'absenter dans le cadre de son alternance, elle impressionne Nicolas par sa force de travail et son implication. Et elle n'est pas désagréable à regarder… Un jour où il se retrouve seul avec elle dans un champ, il la drague de manière explicite, prenant le temps de préciser qu'il ne veut pas voir sa vie familiale bouleversée. Elle accepte mais, après un flirt poussé, lui apprend qu'elle et Philippe sont ensemble. Nicolas, qui soupçonne la jeune femme de jalouser son amitié avec Philippe, devance les ennuis et va avouer son infidélité à son épouse, devant laquelle il se repent jusqu'à être pardonné. Il raconte aussi à Gillet sa brève aventure avec Anaïs. « Il l'a bien pris », déclare-t-il en mai 2013 aux gendarmes. Jusqu'à la disparition de la jeune femme, Nicolas est témoin de leurs ruptures et réconciliations, ainsi que des propos graveleux et méprisants de son patron envers sa jeune amante : « Elle n'est bonne que sur le dos », « C'est la fille que tu veux avoir dans ton lit, mais tu ne peux pas la montrer en public », « Qu'est-ce qu'on est bien dans la blonde »… Au lendemain de la disparition de la jeune femme, Nicolas décrit aux enquêteurs le comportement de l'agriculteur : « Il répétait : pas de nouvelles de la blonde, ou aussi : quelle connerie elle a encore pu faire… »

En juin 2014, Nicolas quitte la ferme après y avoir passé deux ans et demi. C'est un crève-cœur autant qu'un soulagement. La perspective d'une association était systématiquement différée, le salaire arrivait toujours en retard, les horaires se faisaient sans cesse plus délirants tandis que le quotidien de sa compagne se réduisait à la cuisine, au ménage et aux enfants. En mars 2015, Nicolas est contacté par un journaliste de « Sept à huit » en vue d'un reportage préparé pour les deux ans de la disparition d'Anaïs Guillaume. Nicolas accepte de témoigner face caméra. À l'issue de l'entretien, la discussion se poursuit. Le journaliste mentionne une information qu'il vient d'obtenir : peu avant la disparition de la jeune femme, Philippe Gillet aurait acheté cinquante kilos de chaux. Nicolas se fige. Deux jours plus tard, il appelle les gendarmes en pleurs et demande à être entendu en urgence. Rendez-vous lui est donné pour le lendemain à 18 heures. Il arrive à 15 heures. Didier Turk et un enquêteur de la SR sont venus de Reims pour l'occasion. « Depuis que je suis au courant de cet achat de chaux, je ne dors plus car pour moi, cela veut dire que Philippe Gillet pourrait être impliqué dans la disparition d'Anaïs », déclare-t-il.

L'ancien commis remonte le temps. À ses débuts, un ancien lui avait appris comment un animal mort couvert de chaux pouvait disparaître totalement, à condition de le recouvrir de fumier pour que la carcasse ne soit pas dévorée par les renards. Philippe Gillet lui-même aurait raconté à Nicolas que son père utilisait ce procédé, semble-t-il répandu dans les campagnes d'antan. Surtout, Nicolas relie l'information du journaliste de « Sept à huit » à un souvenir daté du 17 avril 2013. Ce jour-là, il s'était étonné d'apercevoir Gillet à bord de son tracteur à fourche, occupé à bouger un tas de fumier abandonné depuis longtemps en face de sa ferme. Le même jour, il l'avait aussi vu en train de brûler des déchets, des bâches et des ficelles – le genre de tâche qui revient au commis. Didier Turk le relance : « Vous êtes en train de nous dire que Philippe Gillet a tué Anaïs Guillaume ?

— Oui, c'est ce que je pense. »

Le petit frère de Nicolas, lui aussi familier des pratiques agricoles, précise ce qui cloche : « Un agriculteur ne laisse pas aussi longtemps un tas de fumier sans l'exploiter. Avec le temps, le fumier perd de son azote, donc de son efficacité, et devient alors du compost – bon pour un jardin, mais pas pour un usage agricole. »

Didier Turk obtient du juge Creton l'autorisation de fouiller ce tas de fumier. Mieux, le magistrat instructeur valide l'autre requête du directeur d'enquête : placer Gillet en garde à vue dans la foulée. Les fouilles sont programmées le 31 mars 2015.

Dans la perspective de cette échéance espérée depuis près de deux ans, Didier Turk sollicite le département des sciences du comportement (DSC) de la gendarmerie, avec qui il a travaillé lors d'une précédente affaire. Après avoir pris connaissance du dossier, le DSC, établi à Rosny-sous-Bois, dépeint Philippe Gillet en psychopathe narcissique. Pas le profil de celui qui s'effondre au premier interrogatoire, donc. Pour lui faire face, Turk choisit deux enquêteurs « neufs » sur le dossier, un collègue des stups qui l'a impressionné lors d'une récente garde à vue et un autre du groupe Crime. La stratégie élaborée par le trio est validée par la DSC qui prévoit de suivre la garde à vue en vidéo pour conseiller les enquêteurs.

Mardi 31 mars 2015. Les fouilles débutent à 9 heures. La météo est exécrable. Coiffé par endroits de quelques brins d'herbe, le tas de fumier, haut de 1,50 mètre, s'étale sur huit mètres de long et six de large. Gantés et revêtus de combinaisons blanches, les gendarmes l'épluchent à l'aide de petits godets, déposant leur contenu sur une bâche en vue d'une inspection manuelle. Trois militaires du 3e régiment du génie de Charleville-Mézières sont venus avec un détecteur de métaux. La pluie vire à la grêle. Quatre heures passent, pénibles. Rien n'est découvert. Didier Turk est posté à côté de Philippe Gillet, au sec dans sa cabine de tracteur, toisant ceux qui, punis par le ciel, osent s'activer sur ses terres. D'un ton détaché, presque narquois, il prévient le directeur d'enquête : « De toute façon, si vous la trouvez ici, ça ne veut pas dire que c'est moi qui l'ai mise là. » Le gendarme entend ce propos comme une énième provocation. Il n'y répond pas. Vers 13 heures, deux techniciens du département « signal-image-parole » arrivent avec un radar géophysique censé analyser les sols. Mais le terrain est trop détrempé pour l'utiliser. Après cinq heures de recherches, la zone est considérée comme entièrement fouillée. « Nous pouvons constater l'absence de corps dans ce tas et affirmer ce résultat avec certitude », est-il relaté dans le procès-verbal. Le dispositif est levé. Pour les enquêteurs, le coup est rude.

Le juge Creton accepte de ne pas modifier le plan initial. Six semaines après avoir été placé en garde à vue pour la lettre anonyme retrouvée sur le pare-brise d'Aurélie, Gillet l'est à nouveau « en raison de l'existence de raisons plausibles de soupçonner qu'il a commis les infractions suivantes : arrestation, enlèvement, séquestration ou détention arbitraire » à l'encontre d'Anaïs Guillaume. Philippe Gillet demande à Amélie, sa femme de ménage, de s'occuper de ses filles avant d'être conduit dans les locaux de la section de recherches, non loin du centre de Reims. En fin de journée, la première audition permet de vérifier son goût modéré pour l'introspection : « Racontez-nous votre enfance…

— Qu'est-ce que ça vient voir là-dedans ? »

Il est âgé de 13 ans quand son père, fauché par un taureau, est contraint de vivre avec une prothèse à chaque genou et une troisième à l'épaule. Il arrête ses études en quatrième, aide ses parents les fins de semaine. « Ça ne vous laissait pas beaucoup de temps pour les loisirs avec les copains ?

— Non mais de toute façon, j'ai toujours vécu comme ça. On se levait le matin et on ne se posait pas de questions. »

Il est escorté au palais de justice, où le juge Creton lui annonce la prolongation de sa garde à vue. La rencontre dure quelques minutes. Gillet glisse au magistrat qu'il ne comprend pas pourquoi ces gendarmes lui demandent si ses filles font du cheval plutôt que de l'interroger sur les faits qui lui valent d'être ici. Interrogé le lendemain matin sur ses rapports avec Anaïs dans les semaines précédant sa disparition, il abrège : « On peut plus parler de plan cul. » Quatrième audition. « Pour moi, elle est toujours en vie. J'en sais rien, elle a peut-être foutu le camp au bout de la Terre… »

À la septième et dernière audition sont abordées les manipulations téléphoniques survenues la nuit du 16 au 17 avril 2013. Les gendarmes font venir l'un de leurs experts en téléphonie, vêtu de sa combinaison, pour déstabiliser l'agriculteur.

« Donc il s'agit d'un phénomène paranormal, attaque l'un d'eux. Cette nuit-là, Anaïs se lève, trouve le portable de votre épouse, puis trouve le chargeur, met le téléphone en activité à 3 h 58, trouve avec une chance improbable le code PIN qu'elle ne connaît pas, insère la puce de votre épouse dans son boîtier. Dans cette configuration, quelqu'un prend votre téléphone et émet deux appels à 4 h 18 et 4 h 20. Anaïs insère ensuite sa propre puce dans le boîtier de Céline sans y laisser d'ADN. Anaïs vous envoie alors un texto en faisant pour la première fois une faute d'orthographe que vous faites systématiquement. À 4 h 31, vous êtes réveillé et vous envoyez un message mais ne constatez personne chez vous, ni la voiture d'Anaïs à l'extérieur. Le même message est réémis à 4 h 33 mais n'est reçu qu'à 4 h 41 sur la ligne d'Anaïs alors que la puce est revenue dans son boîtier d'origine et qu'Anaïs est soi-disant partie. Le lendemain, vous vous présentez chez Patricia pour leur expliquer qu'Anaïs ne reviendra plus les voir – contrairement à ce qu'Anaïs lui avait affirmé la veille au soir – alors que selon vos déclarations, vous n'êtes pas encore inquiet de son absence. Comment déjà savoir qu'elle ne reviendra pas avant même de vous inquiéter réellement de sa disparition, le 19 avril ? Les déclarations que vous opposez aux constatations techniques sont un non-sens...

— J'ai rien à dire.

— Vous prenez vraiment les enquêteurs et le juge d'instruction pour des imbéciles ?

— Non.

— Et c'est quoi cet achat de deux sacs de chaux ?

— C'est pour mettre dans la pelouse, pour enlever la mousse. »

La garde à vue dure depuis près de quarante-sept heures – une de moins que le délai légal. Philippe Gillet n'a pas bougé d'un iota. C'est un échec. Didier Turk pressent la suite. Pour la première et seule fois de sa carrière, le directeur d'enquête demande audience auprès du magistrat instructeur avant la fin de la garde à vue. Accompagné de la directrice de la DSC, il trouve le juge Creton en train d'échanger avec le procureur adjoint, Laurent de Caigny. Deux options sont sur la table : laisser Gillet libre ou le mettre en examen – ce qui permettrait à l'intéressé d'avoir accès au dossier. Si la seconde option est retenue, son placement en détention provisoire apparaît inévitable au vu de la gravité des faits reprochés. Mais si le juge d'instruction décide d'une mise en examen, un représentant du ministère public doit requérir le placement en détention provisoire devant un juge des libertés et de la détention. D'où la nécessité d'accorder ses visions. Le procureur adjoint souligne qu'il n'y a toujours ni aveux ni corps et qu'il serait temps d'envisager d'autres pistes. Agacé, le directeur d'enquête tente encore de convaincre. Entre les deux hommes, le juge Creton souligne l'impasse : si le parquet refuse de requérir le placement en détention provisoire, difficile pour lui de mettre Gillet en examen. Turk a encore perdu la partie. Il n'a pas la force d'appeler les parents d'Anaïs Guillaume.

Il est 16 h 30, ce jeudi 2 avril, et « sur décision de Monsieur Creton Pierre, vice-président chargé de l'instruction, la personne objet de la garde à vue est laissée libre de se retirer ». Chargé de la défense de Philippe Gillet, Ghislain Fay n'en revient pas. Depuis deux jours, l'avocat amiénois a découvert, médusé, les éléments accumulés contre son client, notamment ces cartes SIM qui sautent d'un téléphone à l'autre en pleine nuit pendant qu'une jeune femme s'évapore. Comme toujours, il s'est appliqué à ne rien laisser paraître. Devant le palais de justice, Gillet lui demande s'il peut le ramener à sa ferme. Il accepte et, pendant le trajet, rappelle à son client la nécessité d'être prudent au téléphone, conscient que cette remise en liberté ne signifie pas forcément la fin de l'enquête. Gillet, détendu comme jamais, opine. L'avocat a vu juste : pendant des semaines, la ligne de l'agriculteur est écoutée. Mais les 4536 communications enregistrées n'apportent rien.

Six mois plus tôt, la famille Guillaume a fait savoir qu'elle sollicitait Éric Dupond-Moretti, le plus célèbre avocat du pays, pour que le dossier de leur fille cesse de prendre la poussière. Mais il ne donne pas suite. À l'hiver 2015, les parents d'Anaïs se tournent vers Damien Delavenne, un jeune avocat établi à Laon, à 150 kilomètres de Blagny, dont le nom leur a été soufflé par l'un de mes collègues en poste à Sedan. À leur premier rendez-vous, organisé dans son cabinet, l'avocat laisse le couple parcourir l'ensemble du dossier. Après avoir dû se contenter de bribes d'informations pendant près de deux ans, la découverte de l'ampleur des investigations est un choc. Pendant des heures, les yeux souvent embués, ils lisent les mots de ceux qui ont été un temps suspectés, de celui qui le reste, des dizaines de témoins, prennent conscience du travail des policiers belges, des manipulations téléphoniques survenues pendant que leur fille disparaissait. S'il ne résout rien, le survol de ces milliers de pages « a été un immense soulagement, confie Valérie Guillaume. D'autres que nous tentaient réellement de savoir ce qui était arrivé à notre fille ». Deux mois plus tard, la désillusion n'en est que plus intense. Prévenu par Didier Turk, Damien Delavenne se charge de leur annoncer que Philippe Gillet a été laissé libre. Après ces phrases impossibles, il y a un silence, puis ce qui ressemble à des sanglots. L'assassin de leur fille va reprendre sa vie à six kilomètres d'ici. Comment l'annoncer à leurs fils ? Et cette idée qui métastase : la vie qui nous reste, ce sera celle-là.

Dans les couloirs du palais de justice de Reims, je croise Laurent de Caigny et l'interroge à propos de Philippe Gillet. Il soupire : « Dans cette histoire, nous arrivons tellement tard… » Je m'en vais couvrir l'audience correctionnelle hebdomadaire. Devant moi défilent à la barre les prévenus. Ce jour-là, ils semblent tous pareils. Mes pensées me renvoient deux ans en arrière, au printemps ardennais, à la douleur des parents d'Anaïs, à ma rencontre avec Gillet. C'était il y a si longtemps.

Jeudi 16 avril 2015. Anaïs a disparu depuis deux ans. Sa famille organise un rassemblement sur le parvis du palais de justice de Charleville-Mézières. Environ cent cinquante personnes font bloc derrière Valérie et Fabrice Guillaume. Nombreux sont ceux qui arborent un teeshirt noir sur lequel le visage d'Anaïs est entouré de ces mots : On pense à toi. Une banderole est déployée : « En quête de vérité ». Les feuilles A4 aux lettres rouges sont scotchées sur les vitres du bâtiment : « Si un enfant de magistrat disparaît demain, cela bougera-t-il plus vite ? »

Six semaines plus tard, Philippe Gillet traverse le parvis de ce même palais de justice. Ce 4 juin 2015, il doit être jugé du délit de « menace de crime contre les personnes avec ordre de remplir une condition », épilogue judiciaire de la lettre anonyme adressée à Aurélie, le 10 février. Dans la salle d'audience, Ghislain Fay reconnaît des enquêteurs de la brigade de Sedan – Didier Turk, lui, s'est épargné le déplacement. L'avocat en a la certitude : les gendarmes sont encore après son client.

Récemment réentendue par les militaires, Aurélie l'a supposé à son tour : « Comme tout le monde, je pense que Philippe peut être à l'origine de la disparition d'Anaïs Guillaume. Dès qu'une femme le quitte, il se passe quelque chose. » À la barre, l'agriculteur nie toujours être l'auteur de la lettre retrouvée sur le pare-brise de la jeune femme : « C'est de la pure fiction. Je suis menacé tous les jours, ou jalousé, directement ou indirectement. Pour moi, c'est quelqu'un de proche de nous, qui est jaloux de ce que je représente parce que j'ai bien avancé dans ma profession. Je dérange ! » Un scénario « ridicule » selon le substitut du procureur, pour qui ce courrier est le fruit d'un esprit « particulièrement machiavélique ». Il requiert cinq mois de prison avec sursis. Dans son rôle, Ghislain Fay plaide la relaxe. Il est aussi le seul à nommer celle qui est dans toutes les têtes : « La disparition d'Anaïs Guillaume et les investigations menées par les enquêteurs sur les propriétés de Philippe Gillet ont fait naître une rumeur publique selon laquelle il serait à l'origine de sa disparition. La médiatisation de cette affaire entretient autour de lui un climat particulièrement délétère dont il est la première victime. Les enquêteurs ont abordé ce dossier avec des a priori certains et, par un effet tunnel, n'ont orienté leurs investigations que sur sa personne. » Reconnu coupable des faits, Philippe Gillet est condamné à quatre mois de prison avec sursis et l'obligation d'indemniser sa victime.

L'agriculteur veut faire appel mais son avocat le lui déconseille, convaincu qu'il s'en sort bien. Il se range à son avis. Après tout, Ghislain Fay s'est toujours révélé de bon conseil. La première fois qu'il l'a défendu, se souvient-il, « c'était à propos d'une histoire de ballots de paille laissés là où il ne fallait pas. Il avait fini par menacer celui qui se mettait en travers de son chemin ». C'était l'un des premiers dossiers de Fay, en train de réinventer sa vie après trois décennies passées dans la police. Parti en bas de l'échelle au sortir d'une jeunesse passée dans les bocages de la Thiérache, cet homme au visage anguleux avait enchaîné les promotions jusqu'au rang de commandant. Mais cette réussite professionnelle est devenue dérisoire le 27 août 2005, lorsque le plus jeune de ses trois fils, Julien, est poignardé pendant la fête de Crépy-en-Valois, une petite ville de l'Oise. Le jeune homme meurt trois jours plus tard sur son lit d'hôpital. Il avait 19 ans. Trois ans plus tard, son meurtrier, ivre au moment des faits, est condamné à dix-huit ans de réclusion. À la barre, Ghislain Fay dénonce le manque de considération de la justice. À 55 ans, il quitte la police, en miettes. Le procès d'assises vécu depuis le banc des parties civiles nourrit des réflexions balbutiantes. Il a apprécié l'application de leur avocat à incarner leur parole, à lui donner un souffle. « J'en suis venu à me dire que cela pouvait être une façon d'exister autrement », sourit-il tristement, des années plus tard. Il réussit sa reconversion et s'inscrit au barreau d'Amiens, où vit son frère. Au club de judo où il s'entraîne chaque semaine, un homme lui relate les ennuis judiciaires d'un membre éloigné de sa famille, Philippe Gillet. L'avocat contacte l'agriculteur, va le rencontrer à Margut et obtient sa dispense de peine dans l'histoire des ballots de paille. Ghislain Fay apprend par la suite le décès accidentel de son épouse, puis le soupçon qui l'entoure à la suite de la disparition d'Anaïs Guillaume et, enfin, son placement en garde à vue à cause d'une lettre reçue par celle qui venait de le quitter. À chacune de leurs rencontres, Philippe Gillet, dont la rude franchise n'est pas pour lui déplaire, l'étonne par sa capacité à rester hermétique à l'inquiétude.

25.

À l'été 2015, Pierre Creton quitte le pôle criminel de l'instruction où il vient de passer dix ans, le maximum autorisé. Son successeur est Vincent Dufourd, élégant quadragénaire passé notamment par le pôle criminel de Laon. À Reims, il hérite d'une centaine de dossiers. Dans son bureau du deuxième étage du palais de justice, il assimile les méandres de crimes de sang et d'enquêtes complexes. À Charleville-Mézières, un homme a été abattu à l'arme automatique dans un salon de thé ; à Sedan, une femme est découverte morte dans sa voiture après avoir été violée et torturée ; dans un village du sud des Ardennes, une mère et ses deux fils sont retrouvés noyés dans la baignoire familiale ; à Reims, le corps tabassé d'un ancien militaire est repêché dans le canal ; quelques rues plus loin, une quadragénaire est exécutée à son domicile de quatre balles de neuf millimètres. En bas de ces piles, des affaires non élucidées semblent au point mort. En 2001, à Reims, une adolescente a été tuée de huit coups de couteau à son domicile familial ;

en 2008, à Châlons-en-Champagne, un brillant étudiant de 24 ans disparaît à l'occasion d'une fête organisée au sein de la prestigieuse École nationale supérieure des arts et métiers jusqu'à ce que son corps, marqué par de graves violences, soit repêché deux semaines plus tard dans le canal près du campus. Des histoires brutales, accablantes, collantes.

En octobre, Vincent Dufourd découvre le volumineux dossier relatif à la disparition d'Anaïs Guillaume et, dès sa première lecture, se forge un avis différent de celui de ses prédécesseurs. Cette proposition d'aller essayer une voiture en pleine nuit. Ces manipulations de cartes SIM. Cette faute d'orthographe dans les SMS. Cette lettre adressée à Aurélie qui venait de le quitter. Cette personnalité qui semble effrayer tant de monde. Et cette plainte pour « violences » déposée par Anaïs Guillaume moins d'un an auparavant… Ça lui rappellerait presque des vieux épisodes de *Columbo* : on sait qui est le coupable, encore faut-il le prouver. L'affaire, au fond, semble évidente. Trop, peut-être. Cette première impression, Vincent Dufourd le sait, il faut s'en méfier, la contester, ne pas la laisser prendre ses aises. Reste à prendre connaissance du hors-procédure : les intuitions des enquêteurs, leurs sensations durant les auditions – les silences, les regards fuyants, les soupirs agacés. Le juge d'instruction contacte Didier Turk, occupé par une garde à vue dans l'Aube. Je passe vous voir quand j'ai fini ici ? propose-t-il. Adjugé. Ces deux-là ne se sont jamais croisés. D'un côté, un « militaire non pratiquant », selon sa drôle de formule, qui ne vit que pour l'enquête. De l'autre, un juge qui se rêvait policier jusqu'à ce qu'une première expérience le persuade de persévérer dans ses études de droit. Ils cultivent un même goût pour l'indépendance, travaillent beaucoup, ne raffolent guère des corporatismes.

Depuis la garde à vue de Philippe Gillet, six mois plus tôt, aucun acte d'enquête n'a été mené. Anaïs Guillaume a disparu depuis trente mois. Ce premier rendez-vous n'en est que plus spectaculaire. Pour la première fois, Didier Turk a la conviction d'avoir en face de lui un magistrat qui a lu l'intégralité du dossier et, mieux, en partage sa vision. En raccompagnant le directeur d'enquête à la porte de son bureau, le juge Dufourd n'en fait pas mystère : un jury d'assises décidera de l'avenir de Philippe Gillet.

26.

La veille, sa voix a viré au rauque avant de s'éteindre. La nuit a été blanche, passée à tousser. Sa gorge est en flammes. Au moins, elle est dispensée de collège. Ce 14 janvier 2016, le soleil s'est levé mais Irina Gillet somnole dans son lit. On frappe à sa porte. Le visage de la femme de ménage apparaît. Épuisée par sa trachéite, l'adolescente abrège : « Papa a dit que je n'allais pas à l'école, je suis malade. » L'employée de maison insiste doucement. « Viens, il faut que tu te lèves. » Irina titube jusqu'au couloir et découvre le gendarme planté devant elle. Elle comprend qu'il est là pour son père, ce père qu'elle n'entend pas et qui n'est donc déjà plus là. On ne lui a pas laissé lui dire au revoir et elle trouve ça dégueulasse. Irina Gillet devra attendre un mois avant de le retrouver, au parloir de la maison d'arrêt de Charleville-Mézières. Quelques pas plus loin, un autre gendarme lui dit des mots qu'elle n'entend pas. Son cerveau les refuse. La première fois qu'un militaire lui avait parlé, Anaïs Guillaume venait de disparaître. Âgée de 10 ans,

Irina Gillet était en larmes à l'idée que son père parte en prison. Elle ignorait ce dont il était soupçonné, se demandant si ces ennuis étaient à relier au quad qu'il l'autorisait à conduire alors qu'elle n'en avait pas l'âge. Après l'avoir laissée relire et parapher sa déposition, le gendarme chargé de l'auditionner lui a dit qu'elle avait une signature de ministre. Elle n'avait pas compris cette expression, convaincue qu'il se moquait d'elle. Près de trois ans ont passé et ce matin-là les gendarmes quittent la ferme de Margut, la laissant malade, dans le salon, avec Victoria, sa grande sœur, et Amélie, la femme de ménage. C'est la troisième fois que la scène se reproduit après les deux gardes à vue subies par leur père l'année précédente. À chaque fois, Amélie avait expliqué à Irina et Victoria que leur père allait vite revenir. À chaque fois, il était revenu. Cette fois, c'est différent. Au début de l'après-midi, deux assistantes sociales arrivent. L'une, chevelure rousse, maquillage dégoulinant, annonce aux deux sœurs ce qui les attend dans les jours à venir. Irina veut s'exprimer mais sa gorge sature dans les graves. D'un sourire, l'assistante compare sa voix à celle de Dark Vador, ce n'est qu'une plaisanterie pour faire ami-ami, mais à cet instant, Irina la reçoit comme une humiliation alors elle se lève et hurle à s'en déchirer la gorge : « Mais c'est quoi votre problème ? » Et elle retourne dans sa chambre en claquant la porte.

Philippe Gillet n'a opposé aucune résistance lors de son interpellation, peu après 6 heures. Après avoir demandé à Amélie de venir, il contacte Ghislain Fay, tombe sur son répondeur. À 7 heures, l'avocat lui répond qu'il est retenu par un procès d'assises à Amiens. Un commis d'office est désigné. Escorté jusqu'au bureau de Vincent Dufourd, l'agriculteur est mis en examen « pour avoir, à Margut, ou en tout cas sur le territoire national, dans la nuit du 16 au 17 avril 2013, depuis un temps non prescrit, volontairement donné la mort à Anaïs Guillaume ». Meurtre, donc. Mille trois jours après la disparition de la jeune femme, il est placé en détention provisoire. Prévenue par son avocat, Valérie Guillaume hésite à y croire. Elle contacte Didier Turk qui confirme : « J'ai Gillet avec moi. Ne vous inquiétez pas, il part en détention. »

L'interrogatoire de première comparution débute à 9 h 31. Gillet garde le silence, sur conseil de son avocat. Il est conduit au bureau d'exécution des peines avant d'être transféré à la maison d'arrêt de Charleville-Mézières, où il se voit attribuer le numéro d'écrou 15 330. À Amiens, Ghislain Fay profite d'une suspension d'audience pour venir aux nouvelles et apprend le placement de son client en détention provisoire. « Mais qu'est-ce qu'ils ont de plus contre lui qu'il y a six mois ? demande-t-il au commis d'office.

— Apparemment, rien. »

Alors il y a un nouveau juge ou un nouveau procureur, devine l'avocat picard.

En réalité, les deux. Laurent de Caigny, peu convaincu par l'hypothèse criminelle, est devenu procureur des

Ardennes après le départ en retraite de Daniel Bouriaud. Au parquet de Reims, Nicolas d'Hervé, qui y a pris son premier poste deux ans plus tôt, a récupéré le suivi des informations judiciaires. La parquetière qu'il remplace l'a prévenu : le dossier Anaïs Guillaume est de ceux qui sortent du lot. Il passe plusieurs soirées à arpenter ses aspérités, ses rebondissements, ses angles morts. « Je l'ai lu comme un roman policier », me racontera-t-il plus tard. Il réfléchit aussi à ce qui peut manquer avant d'imaginer la clôture de l'instruction. Un étage plus haut, Vincent Dufourd partage ce questionnement. Entre le parquet et l'instruction, l'articulation est fine : le magistrat instructeur ne peut instruire qu'à propos des faits pour lesquels le parquet l'a désigné mais, au sein de ce périmètre bien défini, peut refuser de réaliser un acte d'enquête demandé par le parquet s'il l'estime superflu. Conscients qu'un double regard est bienvenu dans une telle affaire, Dufourd et d'Hervé veulent avancer.

Deux semaines après la mise en examen de Philippe Gillet, Vincent Dufourd reçoit les parents d'Anaïs Guillaume. « Les difficultés de notre fille ont commencé quand elle a connu cet homme, se souvient Valérie. Elle en était amoureuse. Il a commencé à la frapper et nous avons essayé de la sauver, de l'écarter. Sa plainte a été classée sans suite. S'il avait été jugé pour coups et blessures, les choses auraient peut-être été différentes… » Chez leur avocat, ils ont épluché chaque procès-verbal du dossier, l'ont étudié pendant des centaines d'heures. Les manipulations téléphoniques survenues au moment de la disparition de leur fille ont achevé de les convaincre de la culpabilité de Philippe Gillet. « Qu'il nous dise où est le corps d'Anaïs, je lui laisserai la liberté », s'étrangle Valérie Guillaume.

Le lendemain, Vincent Dufourd interroge longuement Philippe Gillet. Les réponses agacées s'accumulent. Les manipulations téléphoniques ? « Mais j'en sais rien... Qu'est-ce que vous voulez que je vous dise ? » La faute d'orthographe – « tu peut » – qu'il fait tout le temps et elle presque jamais ? « Si les SMS étaient des modèles d'orthographe, ça se saurait... » Sa demande en mariage sur le Facebook d'Anaïs alors qu'elle a disparu ? « Je ne faisais que céder à ses avances. » Sa condamnation pour sa lettre de menaces à Aurélie ? « Grâce à une enquête qui a été menée comme celle-ci : uniquement à charge. » Tout ça ne serait donc qu'un complot ? « Oui, je suis persuadé que quelqu'un, quelque part, veut ma peau. »

Certains protagonistes sont réentendus. Jessy, qui avait utilisé les chèques d'Anaïs après sa disparition, souffle : « Je ne suis pas fier de tout cela. C'était vraiment de la connerie. » Alice, qui avait trahi la confiance d'Anaïs en retirant 400 euros, pleure, rattrapée par la honte. Jérôme, qui a appris par la presse la mise en examen de Philippe Gillet, n'a plus de nouvelles de la famille

Guillaume depuis la fin du printemps 2013. « J'essaie de faire abstraction de cette histoire », dit-il.

De nouvelles fouilles menées dans deux champs appartenant à Philippe Gillet ne donnent rien.

27.

Il est là, à cinq mètres de moi, debout derrière la vitre de son box, et je le dévisage. Tourné vers ses juges, il ne me voit pas – me reconnaîtrait-il ? Moins de dix personnes sont dans la salle. Comme tout détenu en a la possibilité, Philippe Gillet demande à sortir de prison pour être placé sous contrôle judiciaire. Quelques jours plus tôt, dans la salle des pas perdus, un avocat m'a soufflé : « Gillet, il vous intéressait, non ? Regardez un peu du côté de la cour d'appel... » Voilà un peu plus de deux mois qu'il est enfermé pour la première fois de sa vie. Ce 25 mars 2016, il n'a l'air ni usé ni attristé. Au contraire, je retrouve cette assurance robuste qui m'a frappé lors de notre première rencontre, trois ans plus tôt. À ma gauche, assis au deuxième rang, Valérie et Fabrice Guillaume fixent Gillet avec intensité, de celle qui transperce les âmes et veut déchirer les chairs. Après tout ce temps passé à chercher leur fille, les retrouver ici, loin de chez eux, toujours côte à côte et portés par la même détermination muette, m'apparaît d'une tristesse infinie. L'espace d'un instant, je ne vois plus qu'eux. « Monsieur Gillet, quels arguments nouveaux avez-vous à nous présenter ? demande sèchement la présidente.

— Depuis le début de cette histoire, on ne s'est intéressé qu'à moi ! Mais bien des pistes n'ont pas été explorées…

— Mais celles qui mènent à vous sont assez troublantes, non ?

— Je n'ai rien à voir avec cette affaire et je me tiens à la disposition de la justice…

— Oui, de fait, à disposition, vous l'êtes ! »

Regard noir de Gillet, qui se rassoit. L'avocat général réclame son maintien en détention provisoire et imagine à voix haute l'assassinat – et non le meurtre – d'Anaïs Guillaume. « Elle a disparu à une époque où elle avait décidé de changer d'amour. Elle s'apprêtait à vous quitter et vous le saviez. Cette nuit où elle disparaît, elle est bizarre quand même… Vous venez de passer avec elle une soirée chez des amis et curieusement, vers minuit, vous éprouvez le besoin d'essayer un véhicule que vous disiez vouloir lui offrir. Il peut y avoir là un stratagème. Je vous vois bien dire à Anaïs : au cas où il y aurait un problème, on va partir à deux véhicules. Je pense que c'est dans le bois où sa voiture sera retrouvée brûlée que vous l'avez tuée… » Un élément atteste à ses yeux d'une préméditation : « Cinquante kilos de chaux, c'est peu pour un usage agricole mais suffisant pour remplir une tombe et éviter que l'odeur d'un corps attire des bêtes sauvages susceptibles de le déterrer. Selon moi, on peut encore retrouver le corps dans ce bois ! La chaux, c'est du calcaire, au bout de trois ans nous pouvons avoir une parcelle d'un mètre sur un mètre sur laquelle pousserait une végétation spécifique – c'est ainsi qu'on peut détecter des vestiges archéologiques. » Pour avoir échangé avec lui, je sais que l'archéologie est la passion de cet homme. Je note frénétiquement ses mots pendant que sa voix enfle : « Et puis il y a ce problème fondamental : vous avez tenté de vous constituer un alibi en simulant des envois de textos d'Anaïs. Vous êtes rusé mais un peu maladroit, certaines choses vous échappent en matière de téléphonie ! » C'est la première fois que les manipulations de cartes SIM sont publiquement évoquées et j'en reste bouche bée. Dans son box, Gillet maugrée. Les soubresauts de ses larges épaules sont surveillés par les deux membres de son escorte. L'avocat général conclut, tonitruant : « Au vu de votre profil et des différents éléments de l'enquête, je crois que vous avez le profil pour être l'assassin d'Anaïs Guillaume ! »

Sourcils froncés, Ghislain Fay réplique : « Mais c'est lui qui, à la demande des gendarmes, est venu remettre le portable qui, aujourd'hui, l'incrimine… Ne pensez-vous pas qu'il aurait eu l'intelligence de le faire disparaître s'il avait commis les faits qui lui sont reprochés ? » S'il consent à qualifier de « troublantes » ces manipulations téléphoniques, il l'assure : dans cette histoire, on fabrique un coupable.

À la sortie, je m'avance vers Valérie et Fabrice Guillaume qui, comme prévu, n'ont pas eu à s'exprimer. Je leur dis ma stupéfaction face aux éléments révélés par l'avocat général. À leur manière d'acquiescer, je comprends qu'ils n'ont rien appris. Revoir celui qu'ils considèrent comme l'assassin de leur fille a constitué une rude épreuve, me dis-je pendant que Valérie me décrit son sourire narquois, ses poings serrés, son absence d'empathie. Rien ne nécessitait leur présence mais ils ont voulu être là pour lui rappeler qu'ils ne le lâcheront pas. « Être interrogé par des femmes l'agace, non ? » me demande Valérie. Je n'en sais rien. Leurs regards sont délavés par le chagrin et la fatigue. Après trois ans passés dans cet enfer, comment tiennent-ils debout ? De nombreuses étapes les attendent encore, ils le savent.

À l'issue du délibéré, les juges ordonnent le maintien en détention de Philippe Gillet.

Mon récit d'audience est publié le lendemain. En le découvrant, un homme contacte la section de recherches. Christophe a été gendarme, affecté entre 2001 et 2015 à la brigade de Margut. Quelques jours plus tard, Didier Turk l'auditionne. « Au vu des hypothèses de l'avocat général qui sont rapportées dans le journal, j'ai compris que les enquêteurs de la SR n'avaient peut-être pas eu les infos que je détenais depuis le jour des faits et que j'ai transmises immédiatement à ma hiérarchie à l'époque », déclare-t-il au directeur d'enquête, médusé. Au soir du 16 avril 2013, Christophe était en service, chargé de sillonner les routes du secteur avec un collègue. Peu après minuit, le binôme passe devant la ferme de Philippe Gillet et constate la présence d'un 4 × 4 gris auquel est attelée une remorque à double essieu, « assez grande pour mettre un véhicule dessus », stationné le long de la route départementale. L'ancien militaire s'en souvient bien car il devait justement faire attention aux remorques, cible de plusieurs vols récents. « On s'est dit que le gars n'était pas prudent de la laisser comme ça sur l'accotement avec son véhicule. » Cette nuit avait été calme. Après la découverte en Belgique du véhicule d'Anaïs, Christophe a rapporté l'information à son supérieur car « ça me semblait important. Je ne comprends pas comment ça a pu ne pas vous être transmis ». Quand il quitte la brigade en 2015, il prend la peine de laisser une note à ce sujet. Interrogé à son tour, le gendarme qui a fait équipe avec lui cette nuit-là confirme tout. Furieux, Turk contacte le lieutenant qui dirigeait à l'époque la communauté de brigades de Carignan. Loin des Ardennes et entendu en visioconférence, l'intéressé se défend sans rien expliquer : « Je ne vois pas comment nous aurions pu passer à côté d'un tel élément. » Et Anaïs Guillaume, que peut-il en dire ? « Dans un premier temps, la disparition de cette jeune femme majeure n'apparaissait pas inquiétante. Elle était connue de nos services, notamment pour des faits de vol de selles de cheval commis avec une complice. Et c'est d'ailleurs grâce aux renseignements de Philippe Gillet que nous avons pu résoudre cette affaire. L'intéressé nous avait dénoncé Anaïs et sa complice. » Madissone avait vu juste : en décembre 2012, l'agriculteur avait choisi de balancer aux gendarmes celle qui, par amour pour lui, venait de dérober des selles pour Victoria, sa fille aînée.

Depuis sa cellule, l'agriculteur multiplie les demandes de remise en liberté. Plus d'une centaine sont recensées à l'été 2016. D'une lettre à l'autre, les mots ne changent pas, ou peu. « Je suis innocent et rien ne justifie mon incarcération, écrit-il en avril. La situation actuelle rend la vie de mes enfants impossible et mon absence à la gestion de la ferme familiale crée de jour en jour une situation irréversible. Il s'agit d'une grave erreur. Je présente toutes les garanties de représentation. » Au parloir, il revoit ses filles. Orphelines de leur mère, éloignées de leur père, elles ne vont pas bien. Après quelques semaines chez Amélie, elles vont vivre chez l'un de leurs oncles – celui qui s'était introduit chez son ex-épouse avec une cagoule, des gants et une frontale. Un mois plus tard, elles rentrent à Margut, aidées par Amélie. Irina supporte mal qu'un autre que ses parents lui impose des règles entre ces murs peuplés de fantômes. Prisonnière de ses souvenirs, Irina voit sa mère dans chaque pièce. Ses parents lui manquent. Elle a 13 ans, Victoria 16.

Le 26 mai, une énième demande de remise en liberté de leur père est examinée en audience publique. Le box réservé aux détenus est vide et la présidente fulmine : « C'est la première fois que je vois ça ! Pourquoi ce monsieur s'acharne-t-il à faire chaque jour une demande de remise en liberté ? Certains jours, il en a même fait plusieurs… À partir du moment où il en envoie une, il le sait, la cour statuera. Est-ce une stratégie de la défense dans l'espoir qu'un jour, on en oublie une et qu'il puisse ainsi être remis de facto en liberté ? Il peut faire une demande par minute si ça lui chante mais vraiment, sa démarche n'est pas pertinente ! » Ghislain Fay laisse passer l'orage. Derrière lui, les parents d'Anaïs sont encore là, dignes et imperturbables. La présidente répète les éléments accumulés depuis trois ans, infini dégradé d'une même vérité. Après le témoignage de Christophe, l'avocat général souhaite que le mis en examen s'explique sur cette remorque attelée devant chez lui la nuit de la disparition d'Anaïs. À la sortie, je salue les époux Guillaume et file rédiger mon article. Sans surprise, Philippe Gillet est maintenu en détention provisoire au motif que « le risque qu'il fasse disparaître des éléments (…) et fasse pression sur certaines personnes existe ».

Trois jours plus tôt, il a passé six heures dans le bureau du juge d'instruction et a été confronté pour la première fois – le matin avec Patricia, l'ancienne voisine d'Anaïs et Madissone, des membres de sa famille, et l'après-midi avec Jérôme. Le jeune homme cite les mots d'Anaïs après leur premier baiser dans l'appartement de la rue des Deux-Villes : « Elle m'avait dit qu'elle n'avait pas vraiment un copain, que c'était un peu flou, qu'elle voulait que ça se termine. » Face au mis en examen, Vincent Dufourd commente : « Il ressort de la procédure qu'elle semblait éprise de Jérôme…

— Je ne trouve pas. Vous cherchez à lui faire dire quoi ? Je pense que c'est vous qui essayez de vous en persuader.

— On dirait que ça a l'air de vous énerver.

— Non, pas du tout. »

Entre le juge et l'agriculteur, les confrontations se tendent. À la fin du printemps 2016, enquêteurs, avocats et magistrats se rendent au domicile du mis en examen, qui y revient pour la première fois depuis six mois. L'antenne radar et les chiens pisteurs ne trouvent rien. Dans la cour de la ferme, le juge Dufourd remarque les mains abîmées de Philippe Gillet et demande : « Qu'est-ce qui vous est arrivé ?

— C'est quand je portais la brouette, des fois ça frottait le long des murs. Mais y a pas de danger que ça vous arrive, ça n'arrive qu'aux gens qui travaillent. »

Au début de l'été 2016, Vincent Dufourd organise une confrontation entre Philippe Gillet et Nicolas, son ancien commis. La chaux et le fumier sont au centre d'échanges crispés. « J'ai toujours défendu Philippe et je répète que je n'ai jamais vu de sacs de chaux sur l'exploitation, rappelle Nicolas. Mais s'il en a acheté, il aurait très bien pu faire disparaître Anaïs – ce n'est qu'une hypothèse. » Gillet justifie son achat de chaux par son envie de « faire de la patate » et s'énerve : « Rends-toi compte de la portée que ça a d'avancer des choses aussi graves !

— Je te défends toujours mais y a des choses bizarres qui m'interrogent. Je me sens mal, donc j'en parle. Mais si je me trompe, tant mieux pour toi.

— J'ai rien fait et je suis en train de tout perdre ! »

28.

Dans son édition du 4 janvier 2012, quatre ans auparavant, *L'Ardennais* titre en page 14 : « Écrasée par une de ses vaches ». L'article commence ainsi : « Une agricultrice a été grièvement blessée hier matin par l'une de ses vaches. L'animal a glissé en montant dans la salle de traite et a heurté violemment la femme. Hier soir, le pronostic vital de la victime était engagé. » Un peu plus loin, cette dernière est nommée, elle s'appelle Céline Gillet, son mari Philippe, et ils gèrent quatre-vingts vaches à lait de race Prim'Holstein, lit-on.

Le lendemain, un nouvel article, illustré par une vue de Fromy, est publié : « L'agricultrice est décédée ». L'histoire disparaît de nos colonnes.

Trois semaines plus tard, les gendarmes de Carignan rédigent un procès-verbal de synthèse. Au matin du 3 janvier, Philippe et Céline Gillet ont amené leurs vaches à la salle de traite. La routine. Collées les unes aux autres, elles avancent au pas et y entrent individuellement. Ce matin-là, le sol est rendu glissant par la pluie et la boue, poussées par le vent. Au moment où Céline passe à côté d'elles en longeant le mur, l'une des vaches dérape et perd l'équilibre, entraînant l'agricultrice dans sa chute. Céline Gillet part à la renverse. Sa tête percute une barrière. La vache retombe sur elle. Seul témoin, Philippe Gillet se précipite pour pousser l'animal couché sur son épouse. Il échoue, va chercher un tracteur télescopique grâce auquel la vache retrouve un appui et se relève. Céline Gillet, inconsciente, est transportée par son époux à l'écart du troupeau. Il la dépose sur de la paille propre et appelle les secours. Quand les pompiers arrivent, le cœur de Céline s'est arrêté. Trois d'entre eux tentent de la réanimer tandis que deux autres maîtrisent son mari, en proie à une crise d'angoisse et répétant : « Alors on en est où ? », au point de contrarier le travail des réanimateurs. Il finit sous oxygène. Pendant que des gendarmes arrivent en renfort, le massage cardiaque échoue. La situation est désespérée mais un équipage du SMUR parvient à relancer les fonctions vitales de Céline Gillet, évacuée vers l'hôpital de Charleville-Mézières. « Une trace de choc à l'arrière du crâne (de Céline Gillet) est constatée, consécutive à sa chute en arrière », relatent les gendarmes. Sur la paille où était sa tête, une tache de sang d'un diamètre de quinze centimètres est mesurée.

Céline Gillet décède dans la soirée sans avoir repris conscience. Elle avait 34 ans. « Il ne fait aucun doute que les blessures sont dues au choc de sa tête contre la barrière et la présence de la vache sur toute la longueur du corps pendant plusieurs minutes », concluent les gendarmes de Carignan. Aucune autopsie n'est ordonnée. Un avis de décès est publié dans *L'Ardennais* et *L'Est républicain*. Le 6, ses obsèques ont lieu à l'église de Margut. Anaïs Guillaume, stagiaire depuis quatre mois au sein de l'exploitation familiale, est assise au deuxième rang, derrière Irina et Victoria Gillet. Face à la petite foule recueillie, Philippe Gillet lance, micro en main : « On a perdu une bataille mais pas la guerre ! » Le lendemain, Céline Gillet est incinérée à Lexy, près de Longwy. Le 13, ses cendres sont déposées au columbarium de Margut. Le 31, Philippe Gillet est brièvement interrogé par les gendarmes sur les circonstances du décès de son épouse. Quinze mois plus tard, Anaïs Guillaume disparaît.

Dans les dépositions accumulées au printemps 2013 pour la retrouver, l'accident du 3 janvier 2012 n'en est pas un pour tout le monde. En novembre 2015, Didier Turk, chargé par Vincent Dufourd de vérifications sommaires, regrette l'enquête « très succincte » de ses collègues et le comportement « complexe » de Philippe Gillet quand les pompiers tentaient de sauver son épouse. À y regarder de plus près, certains propos sonnent étrangement. Ceux de ce pompier volontaire, par exemple, premier arrivé sur les lieux et qui, quatre jours plus tard, décrit le visage de Céline Gillet : « Il était bleu ou jauni comme si elle avait reçu un choc à la face. » Parmi les photos de la scène de l'accident, l'une montre une vue de la cour de la ferme, dissimulée partiellement par une silhouette blonde au premier plan : Anaïs Guillaume, mentionnée comme « employée en tant que commis de ferme qui nous explique être arrivée juste avant nous, déposée par sa mère car Monsieur Philippe Gillet n'est pas venu la chercher comme d'habitude ».

Dix ans plus tard, dans le salon d'un pavillon de banlieue, quelque part dans l'est du pays, le regard de Madissone se voile. « Je n'ai jamais osé reparler à Anaïs de ce qu'elle m'avait dit ce jour-là… » C'était le 8 juin 2012. Anaïs vient de se disputer violemment avec Philippe Gillet. Avant de se rendre chez un médecin et d'aller déposer plainte, elle a toqué chez sa meilleure amie. « De toute façon, je le tiens par les couilles pour l'histoire avec Céline ! » lâche-t-elle sur le pas de la porte. Madissone bute sur les mots de son amie pendant que sa mère la presse d'entrer. « Je me suis dis : j'ai pas dû bien entendre, c'est pas possible… Ma mère a essayé de lui demander pourquoi elle avait dit ça, mais Anaïs s'est mise à nous raconter les violences qu'elle venait de subir », se souvient la jeune femme. Madissone ne sera pas la seule à entendre Anaïs tenir de tels propos. Fin 2015, l'ancienne gérante d'une baraque à frites souffle aux gendarmes : « Sur la mort de Céline, Anaïs disait savoir certaines choses. Quand je lui demandais de quoi il s'agissait, elle me répondait qu'elle ne pouvait pas me le dire. Je me souviens de sa réponse : “je sais certaines choses et je le tiens par les couilles !” »

29.

Céline Gillet naît le 24 avril 1977 à Metz de la relation entre une garde-malade et un restaurateur. Abandonnée par sa mère peu après la naissance, elle est élevée par son père, qui s'établit à Narbonne. Mais un cancer lui est diagnostiqué et il décède lorsque sa fille est à l'école primaire. Céline est ballottée au sein de sa famille paternelle avant de s'envoler pour l'Australie où réside un de ses oncles. À son retour en France, un an plus tard, personne n'est là pour l'accueillir à l'aéroport. Thierry, l'un de ses cousins éloignés, employé à la SNCF, et Danielle, son épouse, salariée auprès d'un bailleur social, décident de prendre en charge la fillette de 9 ans. Six mois plus tard, le couple, domicilié à Nouvion-sur-Meuse, dans les Ardennes, entame les démarches pour obtenir sa garde. Dans un cadre enfin stabilisé et sécurisant, Céline se distingue par sa maturité et sa force de caractère. Son retard scolaire est important mais elle s'accroche et obtient son brevet. Adolescente, elle s'en va vivre dans un foyer à Sedan. Elle est à peine majeure lorsque sa mère biologique refait surface. Désireuse de combler les gouffres de son passé, Céline ne la rejette pas.

À cette même période, au printemps 1995, elle rencontre Philippe Gillet lors d'une soirée. Coup de foudre. Ils se marient le 23 août 1997 à la mairie de Fromy et s'installent à Linay. Victoria, leur première fille, naît en l'an 2000. L'année suivante, ils déménagent à Margut, où ils ont acheté une maison en face de la gare. Irina voit le jour en 2003. Céline, salariée dans les assurances, fait du crochet et de la dentelle avec sa mère au sein d'une association sans cesser d'entretenir un contact régulier et chaleureux avec ses parents de substitution. Après sa mort, Céline sera décrite en mère attentionnée, en femme travailleuse, coquette, souriante et en épouse qui n'était pas du genre à se laisser marcher sur les pieds. Sur une photo datée de l'été 2004, elle nous regarde, lumineuse, entourée de ses filles et de leurs gâteaux d'anniversaire – Irina et Victoria sont nées à la même période de l'année. Sans rouler sur l'or, elle et Philippe ne se privent de rien. En 2008, elle devient exploitante agricole aux côtés de son mari. À la ferme, elle est chargée de la traite des vaches et de l'administratif. L'exploitation s'agrandit grâce à l'acquisition de nouvelles parcelles. Le couple s'associe au sein d'une société civile d'exploitation agricole.

Anaïs Guillaume entre deux ans plus tard dans ce décor. Le père de substitution de Céline, qui l'a déjà croisée lors d'un concours d'équitation, remarque vite la place prise par la jeune femme et la complicité qui l'unit à Philippe. Ces deux-là rigolent, plaisantent, se chatouillent. En voiture, Anaïs s'installe à l'avant et ne rechigne pas à conduire le tracteur dans les champs pendant que Céline, diminuée par des problèmes de dos, doit parfois se déplacer avec des béquilles – une sciatique est diagnostiquée. Certains jours, assurer la traite est au-delà de ses forces. Un jour, Céline interpelle son mari devant leurs filles : « Mais tu ne te rends pas compte qu'elle veut prendre ma place ? » Philippe désamorce : « C'est toi la patronne. Si tu veux la virer, tu la vires. »

30.

Le juge d'instruction Vincent Dufourd charge le docteur Marceau Spithakis de clarifier les circonstances de la mort de Céline Gillet. Vite, l'expert parisien, agréé auprès de la Cour de cassation, s'étonne des comptes-rendus médicaux du 3 janvier 2012. À l'hôpital, les radios ont mis en évidence une fracture du crâne et un œdème cérébral, pas tout à fait les constations supposées lors d'un écrasement provoqué par une vache. L'expert considère que Céline Gillet a été « victime de traumatismes osseux et viscéraux dans des circonstances assez peu claires, voire curieuses ». Dans un complément d'expertise réclamé par la défense de Philippe Gillet, l'expert estime que les lésions relevées sur le corps de Céline Gillet ne sont compatibles « ni avec une chute de la victime de sa hauteur, ni avec un écrasement par la vache ». Regrettant l'absence d'autopsie, le docteur Spithakis suggère au juge d'instruction d'organiser une reconstitution en présence d'un expert vétérinaire pour « essayer de faire le point sur ce qui a pu réellement se passer le 3 janvier 2012 ».

Le 29 mars 2017, pendant deux heures, Philippe Gillet revient dans sa ferme, où des travaux ont modifié la salle de traite depuis l'hiver 2012. Aux côtés de Vincent Dufourd, des gendarmes et des avocats, Gilbert Mouthon, expert vétérinaire, écoute l'agriculteur décrire cette vache de six cents kilos qui « prend peur et recule », ses pattes qui glissent jusqu'à « tomber assise » sur Céline Gillet qui « perd connaissance tout de suite » en heurtant une barrière. Quelques semaines plus tard, le rapport de l'expert conteste la version de l'agriculteur. Il ne conçoit pas qu'une chute contre le tube inférieur de la barrière ait été assez violent pour entraîner une perte de connaissance immédiate de la victime. La chute de l'animal telle que l'a décrite Philippe Gillet ne lui apparaît pas plus crédible : « Il n'est pas plausible que cette vache, si elle a glissé sur de la paille posée sur le béton, soit tombée sur le train arrière en position d'un chien assis, position qui est observée uniquement lorsque des vaches sont en chaleur et que l'une chevauche l'autre. » Si celle-ci était exceptionnellement tombée sur son bassin en arrière, comment ses membres postérieurs auraient-ils pu faucher Céline Gillet ? Et comment celle-ci n'aurait-elle pas pu freiner sa chute en s'aidant de ses bras alors qu'elle se trouvait aux côtés de vaches relativement serrées dans le box d'attente ? Selon le mis en examen, les lésions de son épouse auraient été rendues possibles par les caractéristiques de la vache qui lui est tombée dessus : une race pie noire dont les os de l'épaule, très peu recouverts de muscles, n'en sont que plus saillants. Un argumentaire irrecevable pour l'expert. « Ceci est inexact et les fractures observées au niveau de la face ne sont ni compatibles avec cette explication, ni possiblement par le choc d'un sabot compte tenu de la position de la vache et de la victime montrée avec le mannequin au moment de la reconstitution. » Dans le complément d'expertise sollicité là encore par la défense, Gilbert Mouthon se fait plus explicite : « Si la vache était vraiment tombée sur la victime et l'avait écrasée, l'établissement hospitalier aurait retrouvé de bien plus importantes lésions traumatiques », telles des côtes fracturées ou d'importantes hémorragies internes.

Les mots des deux experts ont convaincu Vincent Dufourd. Il sollicite auprès de Nicolas d'Hervé l'autorisation d'instruire sur ce décès. Le jeune parquetier, qui tarde à répondre, a adopté une lecture sensiblement différente. S'il a bien pris note des circonstances « pas claires » et « curieuses » et des explications « pas vraisemblables » de l'agriculteur, il sait aussi que le corps de Céline Gillet a été incinéré et qu'aucune autopsie ne pourra confirmer les suspicions des experts. Aujourd'hui, il raconte : « Ma position, c'était : est-ce que Philippe Gillet a tué son épouse ? Je ne sais pas. Est-ce que c'est possible ? Oui, car des suspicions incontestables ont été émises par plusieurs personnes. Mais est-ce que j'ai des preuves pour l'établir ? Non – à mon sens en tout cas. » En outre, Nicolas d'Hervé redoute que l'absence de preuves pour établir le caractère criminel du décès de Céline Gillet ne contribue à fragiliser l'accusation dans le cadre de la disparition d'Anaïs Guillaume. Les jours passent et Vincent Dufourd finit par demander au procureur de Reims, supérieur hiérarchique de d'Hervé, le droit de poursuivre ses investigations à propos de la mort de Céline Gillet. Le 17 mai 2017, le procureur requiert « qu'il soit instruit supplétivement contre Philippe Gillet, notamment au regard des conclusions d'expertise du professeur Mouthon du 10 avril 2017, du chef d'homicide volontaire commis sur la personne de Céline Gillet ».

De nouvelles auditions ont lieu. Le juge d'instruction convoque celle qui fut la monitrice d'auto-école d'Anaïs Guillaume d'avril 2011 à avril 2012, lorsque cette dernière a obtenu son permis. Le 3 janvier 2012, une leçon était prévue à 10 heures. Mais peu après 8 heures, la jeune femme appelle pour annuler, expliquant qu'un accident vient de se produire à la ferme et que les pompiers sont en route. Les leçons reprennent en février. Au cours de l'une d'elles, Anaïs relate à sa monitrice avoir entendu Philippe Gillet crier et, après être accourue, l'avoir vu à proximité du corps de Céline. Mais lors d'une autre séance, elle modifie son récit : cette fois, elle se trouvait avec lui lorsqu'ils ont entendu Céline hurler.

Vincent Dufourd entend aussi successivement les pompiers qui ont secouru Céline Gillet. L'une, qui tenta un massage cardiaque, se remémore les pupilles dilatées de la victime et son thorax en bon état, sans enfoncement. L'agitation de son mari, aussi. « J'ai toujours été intriguée par les circonstances de cet accident. On en avait parlé entre nous à la caserne. La thèse de l'accident paraissait étrange… » Elle non plus n'a pas compris qu'une autopsie ne soit pas réalisée. Trois autres pompiers révèlent leurs doutes au juge. « Ce qui faisait bizarre, c'est que seul le visage était tuméfié. Sur un écrasement de vache, je m'attendais à des blessures plus impressionnantes – si la vache se relève après être tombée sur la victime, j'imagine qu'elle doit piétiner le corps », déclare l'un d'eux. Si aucun n'a de souvenir d'Anaïs Guillaume ce matin-là, tous savaient qu'elle était avec l'agriculteur. « Au village, l'écart d'âge faisait beaucoup parler », confirme l'un d'eux, ancien camarade d'école du mis en examen.

31.

Quand Philippe Gillet et Anaïs Guillaume ont-ils réellement entamé leur relation ? En février 2012, après la mort de son épouse, jure le premier. Dès 2011, affirment plusieurs témoins et Anaïs. Le SMS qu'adresse la jeune femme à l'intéressé, au soir du 27 août 2012, ne laisse guère de place au doute : *En attendant la gamine t'étais bien content de te la taper pendant que tu étais avec ta femme. Et rappel toi bien que c'est TOI qui a voulu qu'on se montre au salon. Alors c'est certainement pas moi qui a été trop vite.* En mai 2016, un nouvel élément renforce encore cette hypothèse.

Amélie, la femme de ménage venue vivre avec ses enfants pour aider Irina et Victoria à la ferme familiale, se met en quête du carnet de santé d'Irina. Dans un tiroir du grenier, elle découvre un agenda de l'année 2011. Une enveloppe glissée entre la couverture et la première page attire son attention. Dessus, inscrite en lettres noires, la mention « Philippe Gillet » et son adresse. L'enveloppe est ouverte. À l'intérieur, sept pages à grands carreaux d'écolier. Amélie lit les premières lignes. « Tu me regardais avec des étoiles dans les yeux, je me confiais à toi. Puis les sourires, les fous rires et les petites caresses sur les genoux et les joues. » Ainsi débute le récit d'Anaïs Guillaume de cet été 2011 « où tout a commencé ». « Le 27 juillet, je n'allais pas bien, je pleurais, ma mère encore une fois. Tu est venu me voir et tu m'as dit : J'ai une terrible envie de te prendre dans mes bras. Je t'ai ouvert mes bras et puis on s'est regardé, immobile, pendant plusieurs minutes et on a fini par s'embrasser. » Puis les « soupçons » de Céline Gillet et son « terrible accident » : « Quand je suis arrivé, les pompiers été déjà là donc je n'ai pas vu ce qu'il s'était passé, et pourtant je n'ai jamais cessé de te défendre. » Moins de deux mois plus tard, du 25 février au 4 mars 2012, se déroule à Paris le Salon de l'agriculture, « où tu n'a pas hésiter à m'embrasser et me touché devant tout le monde jusqu'à ce que Victoria nous ait vue ». Trois mois plus tard, le 8 juin, elle dépose plainte contre l'agriculteur après avoir été « humiliée ». Et cet autre jour, non daté celui-ci, « où ce fut la fois de trop. J'ai pété les plombs et toi aussi. Après cela, c'était censé être terminé pour de bon. Mais je ne sais pas pourquoi tu es venu me rechercher. Je me suis mis tout le monde à dos, mais j'ai dit oui (...). Je me suis engueulée avec tout le monde pour toi, je me suis mise à plusieurs reprises dans la merde pour toi, j'ai loupé des occasions en or pour toi. Tout sa pour que tu me jettes comme une mal propre et me dise démerde toi, on n'a plus rien à faire ensemble. Bref. Tout sa pour te dire que jamais je retomberais dans le panneau. Jamais plus je ne tomberais amoureuse. Aujourd'hui je vais tout laisser tombé, je vais aller bosser en usine pour essayer de m'en sortir et tourner la page ». Et de conclure : « Bisous et malgré tout ce que j'ai pu te dire, saches que je te fais mes plus sincères excuses et je n'en pensais pas un mot. Je ne t'oublierais jamais Philippe GILLET ADIEU. » Anaïs signe de son prénom et ajoute en guise de sous-titre : « Jeune fille qui aura mis tous ses espoirs en toi mais élas, pour rien. PS : J'ai remis ta moitié autour de mon cou et je la garderai jusque dans ma tombe. Et sa je t'en fais le serment. »

La découverte de cette lettre dans un endroit déjà perquisitionné semble improbable. Serait-ce une manipulation ? Mais l'experte sollicitée atteste que ce courrier a bien été rédigé par Anaïs Guillaume, dont elle a pu consulter d'autres écrits. « Globalement, ces écritures sont assez grandes, rondes, de type scolaire, que l'on rencontre principalement chez les jeunes femmes. On dit qu'elles envahissent la page », observe cette graphologue, agréée par la Cour pénale internationale de La Haye. Ces pages sont surtout une preuve supplémentaire de l'antériorité de la liaison entre Anaïs Guillaume et Philippe Gillet à la mort de Céline Gillet. Si la missive n'est pas datée, les événements permettent de la situer entre la fin de l'année 2012 et le début de l'année 2013. « Je vais aller en usine » annonce ses débuts dans l'usine Ferrero.

D'autres témoins décrivent la tristesse de Céline Gillet face au comportement de son mari avec Anaïs Guillaume. L'une de ses amies raconte l'avoir vue en pleurs au moment de lui confier qu'elle venait de découvrir un pantalon de la jeune femme dans le véhicule de son mari. À une autre, Céline indique envisager le divorce : « Elle voulait partir avec les filles – c'était fin 2011, quelques jours avant son décès. » À la fin de l'été 2011, cette autre amie, en train de se séparer de son mari, l'entend souffler : « Toi tu as le courage de le faire… » Plus tard, l'hypothèse est abordée plus concrètement : « D'après ce que j'ai compris, elle avait peur des problèmes juridiques et financiers qui pouvaient en découler si elle divorçait : à la ferme, tout était à son nom à elle, je me souviens qu'elle avait peur de ne pas pouvoir subvenir au financement. » Les SMS de Céline Gillet sont passés au crible. Deux jours avant son décès, alors qu'elle est chez sa belle-mère pour le premier déjeuner de l'année 2012, elle adresse des messages désabusés à ses amies : « journée gillet et c'est la tête avec phil génial la nouvelle année bref bisous » et encore, deux heures plus tard : « journée chez la belle-mère et c'est pas le top avec mr philippe je serais bien près de vous ». Selon sa mère de substitution, « elle n'était plus heureuse et ne savait pas quoi faire (…). Si elle était encore vivante, elle aurait pris la décision de divorcer. Elle n'aurait pas continué comme ça, elle serait revenue à la maison. Il n'y avait plus d'amour entre eux. Elle ne faisait pas le poids face à Anaïs. Le château de cartes s'est effondré ».

32.

Le 13 juin 2017, l'air est électrique dans le bureau de Vincent Dufourd, pièce au plafond haut et aux murs blancs. Philippe Gillet, aux côtés de Ghislain Fay, est furieux : « Fabriquer tout ce qui arrange la justice, ça va bien ! » Soupçonné d'avoir tué son épouse, il dénonce un complot.

« Vous trouvez que la justice fabrique des preuves ? interroge le magistrat.

— Oui. Je ne sais pas ce que j'ai pu faire dans ma vie pour qu'on m'en veuille à ce point-là. Vous avez fait venir un expert qui n'a jamais vu une vache ailleurs que dans un laboratoire. C'est insupportable ! J'ai assez de misère dans ma vie, j'ai tout perdu le jour où j'ai perdu ma femme et vous venez encore me salir, ça va bien ! »

À la fin de l'interrogatoire, il est mis en examen pour avoir « volontairement donné la mort à Céline Gillet ». À ces mots, il écrase sa main sur le bureau, se lève d'un bond et explose : « Jusqu'à présent, j'ai tout accepté, mais ça je ne vous le permets pas !

— Asseyez-vous, monsieur. Ici, c'est bien moi qui décide. »

Ce n'est pas tout. Vincent Dufourd annonce aussi à l'agriculteur qu'il requalifie sa mise en examen dans le cadre de la disparition d'Anaïs Guillaume : l'agriculteur n'est plus poursuivi pour le « meurtre » mais l'« assassinat » de celle qui fut sa maîtresse. L'achat de chaux, effectué au matin de sa disparition, et le témoignage de l'ancien commis ont contribué à convaincre le juge du caractère prémédité de cet homicide.

Cinq mois plus tard, un nouvel interrogatoire a lieu, aussi tendu que le précédent. Gillet s'agace à chaque question. L'absence d'enfoncement thoracique de Céline Gillet noté par le pompier chargé du massage cardiaque ? « Vous voulez insinuer quoi ? Allongez-vous, on va vous mettre une vache dessus et on va voir. Y a du mou et y a du dur dans une vache de six cents kilos. » Une dispute au cours de laquelle il a pris la défense d'Anaïs devant Céline ? « C'est de la bricole tout ça. Parce qu'il y a une stagiaire qui en fait un peu trop et c'est la fin du monde ? Y a rien à dire. » Son achat de chaux ? « Personne s'est posé la question quand on achetait du super phosphate ! » Il n'en finit pas d'enrager contre ce juge qui, dit-il, le « cherche en permanence » et reste hermétique à ses arguments.

L'un de mes collègues obtient un entretien avec Victoria Gillet, l'aînée des sœurs. À ses côtés, son avocat, Ghislain Fay, appelle encore à briser l'omerta : « Il y a des gens qui savent ce qu'est vraiment devenue Anaïs Guillaume. Il faudrait qu'ils parlent. » Sa cliente est sur la même ligne : « Les enquêteurs ont vite trouvé un coupable idéal. C'est la vox populi. Cette histoire est un règlement de comptes, peut-être familial, peut-être professionnel. » Celle qui prépare un baccalauréat scientifique et rêve de devenir vétérinaire croit toujours à une fugue d'Anaïs. « Elle en avait marre de la vie qu'elle menait, pas seulement de ses parents. Je pense qu'elle est à l'étranger. » Depuis peu, une mesure d'émancipation a été prononcée par le tribunal de Charleville-Mézières en faveur de Victoria, lycéenne au visage fin et aux longs cheveux noirs, qui subvient à ses besoins grâce à une rente consécutive au décès de sa mère. À un juge des tutelles de mineurs, son père a loué sa maturité, l'estimant apte à se gérer. Victoria, qui va régulièrement le voir au parloir, se défend d'être instrumentalisée, assurant être en capacité à s'opposer à lui pour assumer ses choix.

L'instruction touche à sa fin. En février 2018, Nicolas d'Hervé rend son réquisitoire définitif, dans lequel il demande le renvoi de Philippe Gillet devant la cour d'assises des Ardennes pour l'assassinat d'Anaïs Guillaume. En revanche, il requiert le non-lieu à propos de la mort de Céline Gillet, estimant trop fragiles les éléments de l'accusation. Deux semaines plus tard, Vincent Dufourd signe son ordonnance de mise en accusation dans laquelle l'agriculteur est soupçonné de l'assassinat d'Anaïs Guillaume… et du meurtre de son épouse. « Le parquet avait proposé un non-lieu concernant la mort de Céline Gillet et le juge d'instruction a décidé de ne pas en tenir compte, c'est incroyable ! » déclare Ghislain Fay, oubliant de préciser qu'un juge d'instruction n'a pas à se ranger à l'avis du ministère public. La divergence d'appréciation entre les deux magistrats s'est transformée en argument pour l'avocat. Comme toujours dans cette histoire, rien ne se passe comme prévu. Au début de l'été, les magistrats de la chambre de l'instruction décident que l'agriculteur comparaîtra pour l'assassinat d'Anaïs Guillaume et pour… « violences volontaires ayant entraîné la mort sans intention de la donner » sur Céline Gillet. Aucun de ceux que j'interroge ne comprend le sens de cette requalification : alors que personne n'a jamais mentionné d'antécédents violents au sein du couple, Philippe Gillet aurait donc cogné son épouse avant de maquiller son décès qu'il n'aurait pas prémédité. Accessoirement, ce scénario rejetait celui du meurtre, tel que démontré par le juge Dufourd. Le procès de Philippe Gillet est programmé au début du printemps 2019.

33.

Au matin du 25 mars 2019, la foule se presse sous les néons du palais de justice de Charleville-Mézières. Valérie et Fabrice Guillaume, épaule contre épaule, prennent place sur le banc des parties civiles, installé devant celui de la presse, face au box vitré réservé à l'accusé. L'instant d'après, Philippe Gillet, encadré par deux hommes en noir, y entre d'un pas assuré. Un murmure parcourt la salle. Ghislain Fay se fige en découvrant son client. « Mais qu'est-ce qui vous a pris ? » lui murmure-t-il. Quelques jours plus tôt, il lui avait fait les recommandations d'usage : au procès, vous arrivez propre, présentable, en chemise. Pensant bien faire, l'agriculteur à la calvitie relativement avancée s'est rasé la tête. Un choix qui, couplé à son regard dur et ses larges épaules, n'a pour effet que de le rendre plus impressionnant encore. Sylvain Lallement, président de la cour, entre à son tour et met fin à la séquence. Le procureur des Ardennes, Laurent de Caigny, l'un de ceux qui n'ont jamais cru à l'hypothèse criminelle, raccompagne les photographes à la sortie et disparaît avec eux. Le mois précédent, l'un de ses pairs m'a confié : « Pour un tel procès, ça aurait été à lui de requérir, mais vu son attitude depuis le début de ce dossier… » À sa place a été dépêché un magistrat de la cour d'appel de Reims, Jacques Louvier, regard clément et ventre rond. Anaïs Guillaume a disparu depuis 2 168 jours. Céline Gillet est décédée depuis 2 638 jours.

Le jury est constitué. Une suspension est ordonnée pour permettre aux tirés au sort de prévenir familles et employeurs. J'en profite pour saluer Richard Delgenes, un avocat que j'ai apprécié au cours de mes années ardennaises et qui, ce matin-là, a pris place au premier rang de la salle, un peu plus près de la famille Guillaume que de l'accusé, aux côtés d'une adolescente qui me scanne du regard : Irina Gillet. Ils seront « la partie civile du milieu », selon sa drôle d'expression. Deux ans plus tôt, en 2017, lors de la mise en examen de Philippe Gillet dans le cadre de la mort de son épouse, le conseil départemental des Ardennes, administrateur ad hoc, l'a chargé d'assister Irina et Victoria durant la procédure. Témoin des désaccords entre ces sœurs, il préfère demander à un confrère de défendre les intérêts de Victoria, devenue majeure lorsque s'ouvre le procès de son père. Avant le début de l'audience, une ultime réunion est organisée entre Richard Delgenes et Irina pour s'accorder sur la position à adopter. Autour de la table ont également pris place une psychologue et une référente du conseil départemental. Habitué à fréquenter les bancs de la défense, l'avocat soupèse les éléments de l'accusation relatifs à la mort de Céline Gillet, les sait fragiles. « Est-ce que papa a tué maman ? » est, pour lui et sa cliente, l'interrogation qui écrase toutes les autres – pas question d'intervenir pendant les débats liés à Anaïs Guillaume. Au-delà de leurs différends, Irina et Victoria restent convaincues de l'innocence de leur père. « Pourquoi une partie civile devrait-elle nécessairement soutenir l'accusation ? Un procureur ne requiert pas une condamnation s'il n'a pas d'éléments suffisants. Il n'y a pas de conflit de loyauté par rapport à la justice. Notre objectif était de connaître la vérité », me rétorque Richard Delgenes, des années plus tard.

Troisième jour du procès. Debout, immobile, attentif, Philippe Gillet est interrogé pendant quatre heures. Il semble imperméable à tout – la soif, l'émotion, l'enjeu, les regards – et c'est stupéfiant. Selon lui, la chaux achetée le 16 avril devait servir à nettoyer une case de vêlage utilisée par les vaches et non plus à « retourner de la terre pour faire de la patate », comme affirmé en 2016 dans le bureau du juge Dufourd. Ne s'en serait-il pas plutôt servi pour enterrer la jeune femme ? suggère le président Lallement, dont le goût pour la digression commence à m'agacer. « Qu'est-ce que vous voulez que je réponde à ça ? soupire l'accusé.

— Et votre relation avec Anaïs, c'était du sérieux ?

— Pour moi, pas. Après le décès de ma femme, elle est arrivée au bon moment. C'était de la consolation. »

Ces mots de dédain raidissent le dos du grand frère d'Anaïs, assis juste devant moi.

« Quand vous avez appris qu'elle était enceinte, vous étiez content ?

— Elle, je pense qu'elle ne savait pas trop.

— Et vous ?

— …

— Vous ne vous rappelez pas votre réaction ?

— Pas spécialement.

— Ce n'est pas rien, quand même…

— Moi, je n'en voulais pas, c'est sûr ! »

Sans un regard pour la famille Guillaume, Gillet, transformé en mur, fait du Gillet. Suspension d'audience. Ghislain Fay, accompagné de Guillaume Combes, son associé, pressent son client de changer de registre. À la reprise, Gillet semble vaciller après deux questions de ses conseils. « Quand ma femme est décédée, je ne voulais pas m'endormir sans la télé… Je ne sais pas si vous comprenez ce que je veux dire. » Il souffle, se recule mais, à cause du micro, la salle l'entend maugréer : « Comme ça, j'aurais bien eu l'air con. » Philippe Gillet fait partie des hommes qui considèrent l'expression d'une sensibilité comme une vulnérabilité nécessairement pathétique. Ses avocats insistent. Trois questions plus tard, son visage se tord : « Je sais plus où j'en suis. » Ses épaules frémissent. « S'il faut le hurler, je vais le hurler : je n'ai pas pu lui faire de mal ! » La séquence, brève et surjouée, m'a semblé sincère. Et s'il tentait de se convaincre de son innocence ? Les « je ne sais plus » reviennent en rafales lorsque les manipulations téléphoniques de la nuit du 16 au 17 avril 2013 sont abordées. L'un des deux juges assesseurs pose la question fondamentale : « À 4 h 26, un SMS est émis depuis le téléphone de Céline Gillet avec la carte SIM d'Anaïs Guillaume. Si ce n'est pas vous mais Anaïs qui a envoyé ce message, comment avez-vous pu ensuite donner le téléphone de Céline Gillet aux gendarmes – comme vous l'avez fait le 25 avril – sans revoir Anaïs ? » L'accusé se contente de hausser les épaules. Les relances s'enchaînent, précises, pressantes, mais la chasse à l'aveu échoue.

Deux heures plus tard, Nicolas, l'ancien commis, évoque « la blonde, enfin Anaïs – la blonde, c'était son surnom » – et le flirt qu'il eut avec elle dans les champs de son employeur : « Elle m'a dit que la place était réservée à Philippe. » Olivier Menut, le second avocat de la famille Guillaume, intervient : « Pourquoi pensez-vous que l'accusé aurait pu utiliser de la chaux contre Anaïs ?

— Parce que ça me paraissait logique.

— Pourquoi ?

— Parce qu'il peut en être capable.

— Et vous en êtes tellement convaincu que vous demandez aux gendarmes à être à nouveau entendu…

— Oui. Je me suis dit : si tu mets ça sur un bonhomme, concrètement tu peux faire disparaître le bonhomme ! Et s'il l'a fait, c'est totalement dégueulasse. »

Les avocats de la défense rappellent que le corps n'a jamais été retrouvé et se pressent de clore la séquence : « Vous vous êtes fait un film, c'est ça ? sourit Me Combes.

— Oui, un mauvais film. »

Quatrième jour. Vincent Dufourd sort de la salle des témoins. La pièce est bondée et tout, à cet instant, se tait. Invariablement vêtu d'un ensemble costume foncé-chemise blanche-cravate, cheveux bruns plaqués en arrière et barbe finement taillée, cet homme élégant a été cité par l'avocat général, soucieux de familiariser les jurés avec les rouages de la mécanique judiciaire. Un juge d'instruction, dont le secret et l'indépendance sont inhérents à la fonction, à la barre ? À ma hiérarchie, je promettais le procès de l'instruction, persuadé que les avocats de la défense, après des années passées à dénoncer ceux qui s'échinaient à faire de Philippe Gillet un coupable idéal, attaqueraient le premier responsable de la situation.

Vincent Dufourd m'adresse un discret hochement de tête. À Reims, nous nous voyons régulièrement depuis des mois, le plus souvent avec un avocat qu'il fréquente de longue date. Peu de temps auparavant, Vincent avait quitté le pôle de l'instruction pour les affaires familiales. Par ses allusions, je comprenais qu'il était usé par ces morts violentes qui sommeillaient sur son bureau et la charge émotionnelle qu'elles charriaient. Chaque semaine, il se confrontait désormais à des couples défaits et entrés en guerre pour la garde de leur enfant et le montant des pensions alimentaires. C'était sans doute moins exaltant que sa fonction précédente mais cela lui convenait, au moins pour un temps. Cette déposition devant la cour d'assises, une première pour lui, le ramenait à sa vie d'avant et le replongeait au cœur d'un des dossiers les plus marquants parmi ceux passés entre ses mains. Dans cette histoire, son rôle était écrasant : si Gillet en était là, c'était d'abord à cause de lui. Guillaume Combes, aux côtés de Ghislain Fay sur le banc de la défense, se lève et pose le débat : « En mars 2015, Philippe Gillet n'est pas poursuivi à l'issue de sa garde à vue. Vous reprenez le dossier en septembre 2015 puis décidez de sa mise en examen en janvier 2016. Y avait-il eu entre-temps de nouveaux éléments d'enquête ?

— Non.

— C'est donc votre simple lecture du dossier qui vous a convaincu que l'on pouvait passer à la vitesse supérieure ?

— Oui. C'était mon appréciation. Si vous voulez me faire dire qu'il peut y avoir des appréciations différentes entre magistrats, je vous le confirme volontiers. »

Guillaume Combes en vient à Céline Gillet. « À la suite de son décès, plusieurs professionnels sont intervenus : pompiers, gendarmes, médecin et procureur. Vous reprenez l'affaire et, après avoir lu le dossier médical, vous vous dites qu'avoir l'avis d'un autre médecin serait intéressant, c'est ça ?

— Oui.

— Puisqu'il n'y avait pas eu d'autopsie, vous avez fait avec les moyens du bord ?

— Oui. Mais le rapport médical établi lors de son décès était très détaillé. À l'époque, tout le monde a pris pour argent comptant ce qu'avait déclaré Philippe Gillet.

— Je serais plus nuancé sur ce point…

— Je n'en doute pas », opine l'ancien juge d'instruction.

Sourire en coin, Richard Delgenes déroule ensuite sa partition : « Pour la mort de Céline Gillet, le parquet a dit non-lieu, vous avez dit meurtre, la chambre de l'instruction a dit violences volontaires ayant entraîné la mort sans intention de la donner. Qui dois-je croire ? »

Les jours passent et les éléments les plus accablants de l'accusation continuent de glisser sur l'accusé. « Comme une goutte d'huile sur du marbre », résume Jean-Luc Ployé, l'expert psychologue. « C'est quelqu'un doté d'une excellente intelligence de situation, extrêmement vigilant par rapport à sa propre image et très imbu de lui-même. Il éprouve un besoin structurel de maîtrise et n'a aucun lâcher-prise », développe ce grand familier des assises, légèrement tourné vers l'accusé pour guetter une éventuelle réaction à son propos. « Regardez la cour, pas lui ! » s'énerve Ghislain Fay. Le psychologue aborde la notion de réticence criminelle, à considérer comme « au-delà du déni », et conclut avec gravité : « Compte tenu de sa personnalité, je ne pense pas qu'on puisse quitter Philippe Gillet, c'est très difficile. »

Daniel Zagury apparaît peu après sur les trois écrans de la salle. Entendu en visioconférence, ce psychiatre réputé évoque à son tour l'accusé, « un homme rude, entier, assez manichéen dans sa vision du monde. L'autoportrait qui se dégage de ces réponses est celui d'un individu éprouvant un grand besoin de se faire respecter. Être respecté, craint, donne de la consistance à un sentiment de réussite ». Selon lui, Philippe Gillet est normalement intelligent et a du mal à exprimer ses émotions : « Il balaie d'un revers de la main tout ce qui pourrait s'apparenter à un attachement passionnel. Si les faits qui lui sont reprochés venaient à être établis, ils seraient à mettre en relation avec une dimension passionnelle. » En ce sens, l'accusé serait un homme littéralement « implacable », suggère le psychiatre. Tout le monde comprend le double sens. Impossible pour Zagury d'aller plus loin, malgré les relances des parties civiles. Le psychiatre disparaît. Courte suspension.

Une enquêtrice de personnalité raconte ensuite la biographie de celui qui a reçu dans ses premières années une éducation stricte, travailleuse « et plutôt pauvre en affection ». Le président, qui a sous les yeux son rapport, souffle : « Avec vous, les mots qu'il a employés pour parler d'Anaïs Guillaume ne sont pas très gentils…

— Oui, il a parlé d'elle comme d'une cassos… »

Fabrice Guillaume tressaute de rage et quitte la salle, suivi de son fils aîné. Je l'entends murmurer : « Bâtard… » L'enquêtrice s'applique à poursuivre : « Il m'a aussi dit d'elle que la moitié du village lui était passée dessus. Quand je l'ai rencontré, il était très amer.

— À aucun moment il n'a eu un mot de compassion avec la famille d'Anaïs ?

— Non. »

En fin de journée, Valérie Guillaume est appelée à la barre. Voilà des semaines qu'elle songe à ce moment où il lui faudra, au nom des siens, évoquer à des inconnus et dans un micro celle dont l'absence lui déchire les tripes. « Ici, on parle beaucoup d'Anaïs. On veut la faire passer pour une fille facile, fragile, toxicomane. Ce n'était pas le cas. Je vais vous parler de qui elle était. Petite, elle jouait toujours avec les animaux, aimait ses frères, était très fusionnelle avec son papa. Elle était pleine de joie, respectée. Dans cette salle, ses amis, sa famille sont là. Elle nous manque. Sa présence nous manque. À table, sa chaise est vide depuis près de six ans. C'est compliqué de manger ensemble tellement elle nous manque. On ne fait plus de crêpes à la maison parce qu'elle aimait ça et qu'en manger nous renvoie à son absence. Chaque soir, je m'endors en voyant le visage de ma fille. J'aimerais bien, une fois encore, la voir… La voir sur son cheval en train de galoper dans un champ. » Silence. Elle reprend, la voix assourdie par la rage : « J'ai toujours l'envie de tuer celui qui a fait du mal à ma fille. Si c'est Monsieur Gillet, qu'il sache qu'il nous a tous détruits. » Son souffle amplifié fige la salle. Elle retient ses larmes, déterminée à ne pas s'interrompre. Je retiens les miennes, décidé à tout retranscrire. « Bien sûr que sa relation avec Anaïs a commencé avant le décès de sa femme ! Il était venu nous dire à la maison qu'il était bien avec elle… J'ai une chose à lui demander : où est ma fille ? Je suis ici avec mon mari pour que nous puissions l'enterrer. Elle est où ? »

Mercredi 3 avril 2019. Huitième et dernier jour d'audience. Ghislain Fay a passé une bonne partie de la nuit à rédiger sa plaidoirie, seul à la petite table de sa chambre d'hôtel. Comme d'habitude, il l'a construite en trois parties : les faits, la personnalité, la peine. De l'humain plutôt que de la technique, des mots plutôt que de la littérature. « Donner envie aux jurés de prendre le Ricard avec vous, pas le champagne », résumait Éric Dupond-Moretti quand il était avocat. Le procès a été long et éprouvant. À l'aube, Ghislain Fay est épuisé. Rendu nauséeux par la fatigue, l'ancien policier n'en mène pas large. Dans les geôles du palais de justice où il se rend avant l'audience, sa pâleur inquiète Philippe Gillet : « Le Ghislain, il va tenir le coup ? » demande-t-il à Me Combes. Le jour où il ne sera plus angoissé avant de plaider, le temps de raccrocher sa robe sera venu, sait-il depuis longtemps. Dans la salle, l'avocat général Louvier requiert trente ans de réclusion criminelle contre l'accusé. Ghislain Fay, chargé du volet Céline Gillet, et Guillaume Combes, concentré sur la disparition d'Anaïs Guillaume, plaident l'acquittement.

Après sept heures de délibéré, les portes de la salle d'audience se rouvrent. Feuilles à la main, le président

Lallement déclare Philippe Gillet coupable du meurtre – et non de l'assassinat – d'Anaïs Guillaume. La mort de la jeune femme n'a donc pas été préméditée, estime le jury. En revanche, il est acquitté de la mort de son épouse. L'agriculteur est condamné à vingt-deux ans de réclusion. Si aucune émotion ne transparaît sur son visage, ses épaules semblent lestées d'un poids nouveau.

Tout le monde disparaît dans la nuit ardennaise et personne ne voit le problème.

Manipulations

34.

Assis en face de moi, Vincent Dufourd pianote sur son portable. Pas besoin de regarder le menu, en habitué, il a déjà fait son choix. Je ne l'ai pas revu depuis sa déposition. L'acquittement de Philippe Gillet pour la mort de son épouse lui laisse un goût amer. « Mais au moins, c'est bien pour la famille Guillaume », abrège-t-il. Nous passons à autre chose. Nos plats arrivent. Quelques instants plus tard, son téléphone vibre dans la poche de son costume sombre. Par réflexe, il y jette un œil. Son regard s'obscurcit. « De toute façon, tu vas finir par l'apprendre… » Il me tend son écran sur lequel s'affiche le SMS d'un magistrat : « Le meilleur pour la fin dans Gillet : une peine prononcée illégale ! Ah mon pauvre Vincent… » Je relis ce message, en devine la puissance d'impact mais avoue mon ignorance : qu'est-ce qu'une peine illégale ? « Une peine qui n'est pas prévue par la loi. Pour faire court : si tu encours vingt ans de réclusion et que tu es condamné à vingt-cinq, la peine est illégale. Et celui qui est condamné à une peine illégale ne peut être détenu qu'illégalement. » Sa déception se mue en colère froide. Son portable se remet à vibrer. Nouveau SMS du même interlocuteur : « Quelques facétieux disent qu'au moins, la vache est hors de cause », suivi d'un smiley hilare. À cet instant, ces mots le heurtent. Tout ce travail remis en cause et susceptible d'être réduit à néant à cause d'une bourde : « Désolé, je n'ai plus faim. » Le déjeuner s'abrège. Je le regarde s'éloigner, triste, vers le palais de justice. Je sais que la nouvelle va vite se répandre, qu'elle fera les gros titres du lendemain. Je fonce à ma rédaction. Sur mon bureau, je découvre l'article 362 du code pénal, dont Vincent a eu le temps de me recommander la lecture. La peine maximale encourue pour un meurtre est de trente ans, mais si une majorité de jurés n'est pas en faveur de cette peine, celle-ci est automatiquement réduite à vingt ans ou moins, rendant donc « illégale » une condamnation à vingt-deux ans de réclusion. L'erreur commise apparaît d'autant plus évitable que cette réduction de trente à vingt ans ne s'applique pas pour un « meurtre aggravé » alors que Philippe Gillet, en tant qu'ancien amant d'Anaïs Guillaume, aurait pu être concerné par ce chef d'accusation.

En rédigeant mon article, je songe aux parents d'Anaïs. Je n'ai ni le temps ni le courage de les appeler.

À Blagny, la foudre a encore frappé Valérie et Fabrice Guillaume. Entourés par les membres de leur famille restés dormir chez eux au soir du verdict, ils apprennent la nouvelle par les réseaux sociaux. « C'est pire qu'un cauchemar… Ce n'est pas humain d'endurer des choses pareilles », déplore Valérie une semaine plus tard. Une photo la montre avec son époux assis devant des tasses de café vides, hagards, au milieu d'un monde de rien. Depuis le verdict, Fabrice a repris ses fouilles dans le secteur où avait été retrouvé le véhicule de sa fille. S'enfoncer dans des bois obscurs, silencieux, habité par l'espoir de revoir les traits de sa fille décédée : certains chemins ressemblent à des supplices.

Le 10 avril, Ghislain Fay et Guillaume Combes adressent un courrier au parquet général pour dénoncer la « détention arbitraire » de leur client. Dans son bureau, Vincent Dufourd ne peut réprimer un soupir agacé : « C'est quand même formidable d'en être à se demander si à cause d'une erreur de pure forme, on doit remettre en liberté quelqu'un qu'on vient de déclarer coupable de meurtre. »

Un mois après le verdict, l'audience a lieu à la cour d'appel de Reims. « Je viens ici pour faire du droit », prévient Ghislain Fay, et à sa voix légèrement balbutiante, à ses formules inhabituellement boursouflées, je devine son inconfort, sa peur de mal faire. Valérie et Fabrice Guillaume, main dans la main, encaissent les mots assurés, les formules ourlées, les regards francs de ceux qui représentent l'autorité, le pouvoir. Après les paroles de Damien Delavenne et Jacques Louvier, partisans du maintien en détention, Ghislain Fay, d'un ton plus affirmé, estime « qu'on touche là aux fondamentaux des valeurs de la démocratie ». À l'issue du délibéré, on apprend que Philippe Gillet sera maintenu en détention jusqu'à son procès en appel.

35.

L'enveloppe vient d'être posée sur le bureau par la secrétaire du service. « Mathieu Livoreil, journal *L'Union* », est-il inscrit au verso. Nous sommes au début de l'automne 2019, six mois après la condamnation de Philippe Gillet. L'agriculteur a regagné l'arrière-plan de mes pensées. Plus rien ne s'écrit à son sujet. La date de son procès d'appel reste indéterminée. Dans l'enveloppe, une page blanche pliée en trois et, au milieu de celle-ci, sept lignes dactylographiées.

« Les coupables de la disparition d'Anaïs
sont toujours en liberté. Anaïs était en vie
jusqu'en avril 2016. Elle a été retenue
contre sa volonté en Belgique. Avec tout
ce qui était dans la gazette, facile de charger le culto.
Comme le tas de fumier que les flics ont fouillé
en face de sa ferme en 2015 y était toujours,
elle a été enterrée avec de la chaux vive dessous
et y est toujours. Les plaques de l'auto et le GSM

sont dans la rivière au fond de son petit pré après
le terrain de foot à Linay. Faites les recherches,
rendez le corps aux parents et arrêtez
les véritables coupables. »

Évidemment, ce n'est pas signé. Je relis, bute sur les mots à consonance belge – culto, gazette, GSM. Gillet, innocent ? Et Anaïs, enterrée en 2016 dans le tas de fumier fouillé en 2015 ? Après avoir été séquestrée en Belgique pendant trois ans ? Et finalement mise là quand Gillet se trouvait en détention provisoire ? Impossible. Depuis six ans, les enquêteurs ont reçu des piles de courriers anonymes, tordus, nauséabonds. Celui-là est le premier que je reçois et je ne sais pas pourquoi. Je le montre à ma voisine de bureau, dubitative. Je contacte Vincent Dufourd qui, entre deux audiences de divorce, me suggère d'appeler Laurent de Caigny, toujours procureur des Ardennes et chargé de l'enquête pour « recel de cadavre contre X », ouverte peu avant le procès d'assises de Philippe Gillet. Au magistrat, j'explique le courrier reçu, en lis les premières lignes jusqu'à ce qu'il me coupe, volubile : « Mon cher Mathieu, si vous saviez le nombre de lettres de ce type qu'on a pu recevoir dans cette histoire… » Dois-je tout de même transmettre cette lettre aux enquêteurs ? Ma requête semblerait presque l'amuser : « Comme vous le souhaitez, cher Mathieu ! » Nous raccrochons. Je relis encore la lettre. Faute d'en percer le mystère, je l'enferme dans un tiroir, où elle rejoint les rares que j'ai pris soin de conserver, vestiges d'autres histoires folles. Quelques années plus tôt, un collègue proche de la retraite m'avait dévoilé sa collection de courriers anonymes, accumulés pendant quatre décennies. Chacun charriait son lot de mystères, de haines, de folies.

36.

Une petite place sans arbres, cernée de façades bourgeoises aux murs blonds. Le quartier de mon enfance, dans l'Ouest bordelais. Longtemps, y revenir n'a été qu'une joie. En cette matinée d'octobre, l'air est tiède, le ciel sans nuages. En face de moi, assis à la terrasse d'un café, mon père a le regard préoccupé. Peu après sa retraite, la maladie d'Alzheimer lui a été diagnostiquée et il n'est plus celui qu'il a été. L'amour de celle qui partage sa vie depuis longtemps lui permet de rester chez eux, mais son univers se réduit. De vieux souvenirs en sursis dérivent à la surface de sa mémoire, sous la menace de rejoindre les profondeurs de l'oubli. Devant une menthe à l'eau, il me raconte, une fois encore, des bribes de son enfance au Pays basque. « Mon père était quelqu'un de très gentil, très doux, mais qui pouvait avoir de fortes colères… » poursuit-il, la mine soucieuse. J'acquiesce – je connais par cœur ces mots qui me renvoient à l'image tremblée de ce grand-père, le premier à m'avoir montré la mort. C'était en 1994. Il luttait contre un cancer depuis des années. Avec mes parents, je passais le mois de juillet chez lui et ma grand-mère. J'avais 13 ans. Cet été, la Coupe du monde de football avait lieu aux États-Unis. J'aimais le Brésil, leur maillot d'or. Dans la nuit du 13 au 14 juillet, ils affrontaient la Suède pour une place en finale. Avec le décalage horaire, le coup d'envoi était prévu à 1 h 30 du matin. Trop tard pour avoir le droit de regarder. Je me suis couché déçu. Dans la nuit, un bruit sourd m'a réveillé. Mes parents sont montés à l'étage. Je les ai suivis jusqu'à entrevoir mon grand-père inconscient, allongé dans le couloir. Il était tombé en revenant des toilettes et sa tête avait heurté le carrelage. Ma grand-mère, vêtue d'une robe de nuit sombre, était à ses côtés, silencieuse. Ma mère m'a passé une main dans les cheveux : « Va regarder ton match, tu seras mieux qu'ici. » Je crois que j'ai été content. J'ai allumé la petite télé dans le salon. Je n'osais pas mettre le son. Les murmures préoccupés des adultes et le bruit sourd et régulier du balancier de l'horloge empêchaient le silence. Un gyrophare est apparu au bout de la rue et s'est arrêté devant l'entrée de la maison. Deux ombres en blouse blanche sont entrées. L'une d'elles m'a adressé un bref geste de la main que je me suis appliqué à imiter. Ils ont installé mon grand-père sur une civière et l'ont évacué. Le Brésil l'a emporté un but à zéro. Le surlendemain, je suis allé à l'hôpital avec ma mère. Mon grand-père était allongé dans une petite chambre. Il n'avait pas repris connaissance. Un drap blanc le couvrait jusqu'au cou. À hauteur de sa poitrine, le tissu montait et descendait à une allure folle. À la fois prisonnier d'un sommeil profond et totalement hors d'haleine. La dichotomie m'a foudroyé. J'ai voulu sortir et mes jambes ont cessé de me porter. Je me suis évanoui pour la première fois de ma vie. J'ai repris connaissance dans le couloir, tremblant sous les visages inquiets de ma mère et de l'infirmière. Mon grand-père est mort deux jours plus tard.

Devant sa menthe à l'eau, le regard de mon père s'assombrit encore. « Et il a fait de la prison quand même… » Encore cette histoire où il a été prisonnier pendant la guerre d'Indochine, c'est ça ? Mon père me fixe sans comprendre et corrige. « Non, c'était à Pau. » Ah ? Je repose mon verre, à l'affût de ses prochains mots. Des collégiens sortent du tramway et nous frôlent, hilares. « Elle s'appelait… » Mon père décline une identité féminine que je ne connais pas. Me voilà en apnée. « Elle était très gentille, très belle… » C'est un récit bref, confus, lacunaire. À la fin des années soixante, mon grand-père a eu une liaison avec une des employées de l'hôtel qu'il gérait avec ma grand-mère. Cette employée a voulu le quitter, alors il l'a tuée – je n'ai pas osé demander comment. Mon grand-père a été arrêté, jugé et condamné devant une cour d'assises à des années de prison. Jusqu'à Bordeaux, où mon père venait de partir, baccalauréat en poche, pour étudier la philosophie, la presse s'est faite l'écho de ce « crime passionnel ». Des camarades l'ont interrogé : mais il est de ta famille, ce Livoreil ? Ma grand-mère a demandé à mon père de rentrer au Pays basque, ce qu'il a fait. J'ai complété en silence : après avoir purgé sa peine, mon grand-père a repris sa vie avec ma grand-mère jusqu'à ce que la mort les sépare. Soucieux de me protéger, mon père avait choisi de taire cette histoire pendant près de quarante ans, jusqu'à ce que les coups de boutoir d'une maladie neurodégénérative brisent ce secret. D'un pas lent que je m'efforce d'adapter au sien, nous rentrons sans un mot jusqu'à la maison. Fatigué, il rejoint son fauteuil pendant que je me plante devant sa compagne pour lui raconter. Mon regard devait hurler : mais c'est vrai ? Elle a marqué un temps d'arrêt, m'a regardé avec gravité et murmuré : « Il te l'a dit… » Elle a posé une main réconfortante sur mon épaule avant d'aller voir mon père pour lui glisser des mots que je savais apaisants. Il a froncé les sourcils : « Mais de quoi tu parles ? » Le brouillard était revenu. Deux heures plus tard, j'ai jeté un œil à mon téléphone avant d'aller retrouver des amis. La notification de mon journal m'a arrêté : « Affaire Anaïs Guillaume : un corps retrouvé ». L'article évoquait une lettre anonyme. Nous étions le 28 octobre 2019. Elle avait disparu depuis 2 386 jours.

37.

Victoria Gillet s'éveille dans la ferme de son enfance où elle vit maintenant avec son compagnon. Ce matin du 28 octobre, elle le conduit à son travail en Belgique et revient à Fromy au volant de sa Clio pendant que le soleil plante ses premiers rayons dans la terre ardennaise. La jeune femme de 19 ans a encore un peu de temps. Elle se cale devant un épisode de *Prison Break* – l'histoire d'un homme qui se fait incarcérer pour tenter de sauver la vie de son frère. Comme convenu, Benjamin, un de ses amis, la prévient par téléphone : il est en route. Entre ce jeune homme et les Gillet, c'est une histoire de vingt ans – son père, éleveur de chevaux, achetait du fourrage à Philippe. Depuis l'incarcération de l'agriculteur, Benjamin s'occupe de certaines de ses terres et est l'un des rares à aller le voir au parloir. Vers 9 h 30, il retrouve Victoria de l'autre côté de la route et de la voie ferrée, devant le tas de fumier fouillé par les gendarmes en mars 2015. Le sombre monticule s'étend sur une quinzaine de mètres de long, quatre de large, ne dépasse pas un demi-mètre de hauteur. Benjamin a apporté une mini-pelle mécanique. Victoria sort son téléphone et filme. Il est 9 h 34. Le temps est sec, un vent froid balaie la plaine. Assis dans le petit tracteur auquel est reliée la mini-pelle via une remorque-plateau, Benjamin commence à piocher du fumier, là où quelques tiges pointent vers le ciel. Des petites taches claires ne tardent pas à apparaître. Le coup d'après, une motte blanchâtre, visqueuse et collante est attrapée. Du fumier émerge un trait blanc, raide, épais, vertical, comme un gigantesque doigt tendu qui voudrait signaler sa présence. Un os, long d'une trentaine de centimètres. Victoria le prend dans sa main. Elle arrête de filmer pour appeler la gendarmerie. Il est 9 h 44.

Non loin de là, Fabrice Guillaume, en repos, prend son temps. Vers 10 heures, il va acheter du pain dans le centre de Carignan et croise un ami à la maison de la presse qui lui raconte avoir vu passer des véhicules de gendarmerie. *Anaïs ?* Pensée-réflexe, celle de l'éternité dans laquelle on n'existe plus. Fabrice reprend sa voiture mais, plutôt que de bifurquer dans la rue des Acacias, continue tout droit vers la ferme de Philippe Gillet, juste comme ça, pour voir, voilà des années qu'il n'a plus rien à y vérifier. L'entrée dans Linay, le virage devant l'église où Anaïs et Madissone avaient été interpellées avec leurs selles volées, la ligne droite qui mène jusqu'à Fromy, Margut, la Belgique. Combien de fois a-t-il emprunté cette route, possédé par la terreur et l'espoir ? Juste après le passage à niveau, Fabrice Guillaume découvre une voiture de gendarmerie garée à l'entrée du champ de l'agriculteur. *Anaïs ?* Il contacte son épouse, en ligne avec leur avocat.

Conduite à la brigade de Carignan, Victoria explique la genèse de ces fouilles. Un mois plus tôt, lors d'un parloir, son père l'a avertie que son avocat venait de recevoir une lettre anonyme. Anaïs Guillaume était enterrée sous ce tas de fumier, écrivait le corbeau. « Il a dit qu'il y avait peu de chances que ça soit pris au sérieux vu le nombre de lettres anonymes déjà envoyées. » En effet, personne n'avait bougé. Sans jamais avoir eu cette lettre entre les mains, et après concertation avec son père et Benjamin, Victoria s'était décidée à creuser elle-même. « Pensiez-vous découvrir quelque chose ? lui demande le gendarme.

— Honnêtement, je ne savais pas mais j'espérais que oui. Je veux des réponses à tout ça, avancer car je construis actuellement ma vie autour de mon père. Même la famille d'Anaïs ne sait pas où elle est, ses proches n'ont pas de sépulture pour se recueillir... Donc, oui, je vais être franche : j'espérais trouver quelque chose. »

Dans un bureau voisin, Benjamin est également entendu en audition libre. Victoria lui a révélé l'existence du courrier avant que Philippe lui en détaille le contenu au parloir. Il l'a trouvé plein d'entrain, « comme avant qu'il passe au tribunal et qu'il pense que ça va être bon et qu'il va être innocenté ». Benjamin a choisi d'aider Victoria pour que son père, un peu trop insistant, lui fiche la paix. Persuadé que ces fouilles seraient infructueuses, l'apparition de cet os l'a choqué. Avant de quitter la brigade pour aller récupérer le tracteur loué sur ses deniers et sa mini-pelle, laissés dans le champ, il ne cache pas son malaise : « Je trouve qu'il y a beaucoup d'éléments troublants et que c'est bizarre depuis le tout début de l'affaire. »

Le tas de fumier est encadré par les gendarmes. Un anthropologue et un odontologue de l'IRCGN sont là aussi. Tout est photographié, prélevé, mesuré. L'os trouvé par Victoria est un péroné. En début d'après-midi, un crâne humain est mis au jour. Les opérations se poursuivent à la main et au pinceau. L'ensemble d'un squelette est découvert en position allongée « à une profondeur d'environ cinquante centimètres par rapport à la surface du fumier et environ vingt-cinq/trente centimètres de la surface du sol naturel », est-il rapporté. Une gangue compacte l'enveloppe : de la chaux, est-il vite confirmé. À côté des ossements sont trouvés deux couteaux de table, deux cordes en plastique et un débris ressemblant à un morceau de sac-poubelle. En revanche, aucune trace de vêtement, bijoux ou effets personnels. Avant 17 heures, les fouilles s'interrompent. Une bâche est disposée pour recouvrir la zone, gardée par des militaires. Une enquête préliminaire est ouverte pour recel de cadavre et modification de scène de crime.

Ces heures ont brûlé au fer rouge la mémoire de Valérie Guillaume. Quand Damien Delavenne lui a annoncé qu'un os venait d'être découvert en face de la ferme de Philippe Gillet, elle a su que c'était sa fille. Dans son salon, elle s'est effondrée, trahie par ce corps martyrisé par des années de douleur et de désespoir. Elle s'est relevée, encore, est montée réveiller Clément, son second fils, en larmes face à l'insupportable confirmation : sa petite sœur était morte. Le portable de Valérie vibre encore : Fabrice. Il lui apprend ce qu'elle sait déjà. Il veut s'approcher mais les gendarmes l'en empêchent. Il revient chez lui, embarque une paire de jumelles et repart. Contacté, l'un de leurs amis passe au domicile des Guillaume, emporte un thermos de café, des plaids et s'en va rejoindre Fabrice, posté en lisière du champ. Valérie les rejoint au début de l'après-midi. En 2017, les Guillaume s'étaient déjà dissimulés dans une canalisation d'eau pour assister à la reconstitution organisée dans la ferme de Gillet. Cette fois, les gendarmes les ont repérés mais aucun n'ose les repousser. Les Guillaume fument clope sur clope en se passant les jumelles. Celui qui les a raconte aux deux autres ce qu'il voit : des techniciens en identification criminelle, combinaisons blanches et mains gantées, extraient ce qui pourrait être un crâne, un fémur, des côtes… L'épouvante. « C'est la chair de notre chair et… Je voulais garder l'image d'Anaïs telle qu'elle était et on a vu ça. Je me souviendrai toujours de Fabrice en train de pleurer toutes les larmes de son corps quand notre fille a été sortie de terre », me confie

Valérie. À trois mètres de nous, Clément, assis dans le canapé, regarde l'Argentine de Messi être défaite par l'Arabie saoudite à la Coupe du monde de football. J'ai murmuré à la mère d'Anaïs : « Si ça vous dérange de parler de tout ça devant votre fils… » Elle m'a souri tristement : « Mais vous savez, toutes ces épreuves, on les a traversées ensemble… » Nous avons continué.

Ce 28 octobre 2019, Valérie Guillaume a aussi appelé Madissone. La meilleure amie d'Anaïs venait de trouver un emploi d'aide à domicile auprès de personnes âgées. Elle se trouvait chez l'une d'elles lorsqu'elle a vu la rafale d'appels manqués. Madissone n'avait pas revu Valérie depuis le procès d'assises, quelque chose d'important venait de se produire. Elle est sortie sur le balcon pour la rappeler. Valérie, en larmes, lui a appris qu'un corps venait d'être retrouvé. Qui d'autre que sa fille ? L'infime espoir de la revoir, cette idée qu'elle essayait encore de ne pas trouver ridicule, s'est fracassée contre la vérité. Madissone a poussé un hurlement, giflée par l'horreur. Elle a raccroché avant de vomir. Pendant des heures, les larmes ont coulé. Elles venaient de loin, étaient pleines de rage. À la fin de la journée, son ami lui a proposé de dîner dehors pour se changer les idées. Elle a accepté en guise de bonne volonté mais, devant son plat, ses sanglots sont restés intarissables. Elle ne contrôlait plus rien, pas même son souffle. Madissone a fini la nuit à l'hôpital. Le lendemain, des médecins lui ont parlé de dépression et ont prescrit des bêtabloquants. Depuis toutes ces années, l'absence d'Anaïs était trop lourde à porter.

La découverte des ossements fait les gros titres du lendemain. Mes collègues y consacrent trois pages. Intitulé « Ces corbeaux qui pensent savoir », un des articles est illustré par une photo de la lettre anonyme laissée dans mon tiroir, « adressée à la rédaction de *L'Union/L'Ardennais* ». Depuis Bordeaux, je savais que c'était inexact. Quelqu'un me l'avait adressée, restait à savoir pourquoi.

38.

Deux jours plus tard, l'IRCGN confirme que les ossements retrouvés sont ceux d'Anaïs Guillaume. La juge d'instruction désignée pour le supplément d'information charge les gendarmes de prévenir ses parents. En ce début d'automne, Didier Turk fait ses cartons, prêt à quitter la section de recherches pour rejoindre Cergy-Pontoise et le département des sciences du comportement, le service sollicité pour préparer la première garde à vue de Philippe Gillet, quatre ans plus tôt. La découverte du squelette d'Anaïs est un choc pour l'ancien directeur d'enquête et le lieu où il a été retrouvé en est un autre, amer. Il repense aux mots de l'agriculteur prononcés devant ce tas de fumier en mars 2015 : « De toute façon, si vous la trouvez ici, ça ne veut pas dire que c'est moi qui l'ait mise là. » Gillet avait la trouille et lui n'avait rien vu. À ses collègues, il demande un ultime service : le laisser appeler Valérie et Fabrice Guillaume pour leur confirmer qu'il s'agit de leur fille. Requête accordée. « Lors d'une de nos premières rencontres,

Madame Guillaume m'avait fixé et dit : promettez-moi de ne pas arrêter avant de l'avoir retrouvée. Je m'en étais toujours souvenu. À l'époque, elle pensait – et elle avait des éléments pour cela – qu'on se fichait tous de la disparition de sa fille. Je n'étais plus saisi de l'affaire mais… c'était important pour moi de les prévenir », me rappelle-t-il, ému.

Peu après, l'officier organise son pot de départ. Vincent Dufourd, qui a quitté l'instruction depuis septembre 2018, est le seul magistrat invité. Dans les locaux de la section de recherches, le gendarme, micro en main, prend le temps de rendre hommage à « un magistrat qui porte ses couilles », virile allusion à ceux qui, dans cette histoire, n'ont jamais rien osé ou se sont toujours trompés, l'un d'eux allant jusqu'à clamer qu'Anaïs était « partie faire sa pute en Belgique » – je n'ai pas cru à cette citation jusqu'à avoir, des années plus tard, et comme beaucoup d'autres, le pénible privilège de l'entendre tonner en public.

« Les plaques de l'auto et le GSM sont dans la rivière au fond de son petit pré après le terrain de foot à Linay », avait aussi écrit le corbeau. Pendant des heures, des plongeurs d'une brigade de l'Aube fouillent les eaux troubles et glacées de la Chiers, auscultent le gravier, palpent la vase et ne retrouvent rien.

De retour à Reims après ma semaine à Bordeaux, je reprends le travail. Le lendemain, je grille une cigarette devant nos locaux quand j'aperçois un homme s'approcher d'un pas décidé. Il me tend une carte professionnelle tricolore : « C'est vous, Mathieu Livoreil, non ? Adjudant Martin, section de recherches. Je dois procéder à votre audition et saisir le courrier anonyme que vous avez reçu. » Un étage plus haut, je nous trouve un bureau non occupé. À chacune de ses questions, j'ai l'impression d'être un piètre enquêteur : non, je ne sais plus quand j'ai reçu la lettre, sûrement entre le 17 et le 22 octobre ; oui, elle a été manipulée par plusieurs collègues ; non, je n'ai pas gardé l'enveloppe car je l'ai jetée à la poubelle et non, je ne sais pas qui a pu me l'envoyer. Il ne peut réprimer une moue désabusée quand je lui apprends que le procureur des Ardennes m'a suggéré de faire ce que je voulais du courrier. En dix minutes, tout est dit. « Un journaliste, je ne l'avais encore jamais fait », sourit-il. Pour moi aussi, cette audition est une première. À mon bureau, je découvre que la lettre anonyme n'est plus dans le tiroir. Autour de moi, personne ne sait ce qu'elle est devenue. Moment de solitude. Je préviens le rédacteur en chef de la présence de l'enquêteur. Mon supérieur vient expliquer à l'adjudant que la remise de ce courrier ne relève pas de l'évidence. L'instant devient embarrassant. Pourquoi refuser de remettre un document déjà publié ? Je le dis à mon chef qui s'en remet à mon choix et retourne à sa réunion. Je repars dans les couloirs, l'adjudant sur mes talons. L'instant d'après, mon chef de service me tend la lettre, retrouvée dans la poubelle d'un collègue. Je tais ma colère, photographie le courrier, le remet à l'enquêteur qui en fait de même, le glisse dans un sachet plastique, me remercie et s'en va.

En réalité, nous sommes quatre à avoir reçu la même lettre : Damien Delavenne, l'avocat de la famille Guillaume, et Ghislain Fay, l'avocat de Philippe Gillet, qui l'ont fait suivre à Laurent de Caigny, lui-même destinataire de ce courrier. Tous l'ont réceptionné avant moi. Si les enveloppes saisies permettent d'établir que ces courriers ont été postés depuis la Belgique, les timbres utilisés, à l'effigie du roi Philippe, sont trop courants pour espérer remonter une piste.

Début novembre, un homme demande aux gendarmes à être entendu. Il raconte avoir été pris en stop par Victoria Gillet, un mois et demi plus tôt. Selon son récit, elle a accepté de le conduire à Florenville, en Belgique, où elle se rendait aussi. Sur place, la jeune femme, reconnue grâce à la photo republiée dans le journal après la découverte des ossements, lui demande où se trouve le bureau de poste avant de le laisser à la station-service. Il y achète son tabac à rouler puis va sonner chez sa fille, absente ce jour-là. Déçu, il repart à pied vers Carignan. Après quelques centaines de mètres, Victoria, au volant de son véhicule, le dépasse, s'arrête, lui propose de le ramener en France. Il accepte. « Depuis l'histoire du corbeau, j'avais besoin de vous le dire », souffle l'homme. Avant de repartir, il livre un dernier souvenir : en 2012, il a partagé des séances d'auto-école avec… Anaïs Guillaume – « Elle me disait qu'elle aimait les chevaux. »

Dans le même temps, plusieurs gendarmes qui ont participé le 31 mars 2015 à la fouille du tas de fumier d'où a été exhumé le squelette d'Anaïs quatre ans et demi plus tard sont auditionnés. Ont-ils mal fouillé ? À moins, comme l'affirme le corbeau, que le corps d'Anaïs n'ait été abandonné là en 2016, quand Philippe Gillet était en détention provisoire ? L'un des militaires décrit la météo apocalyptique de cette journée : « Nous nous enfoncions dans la boue au point d'avoir du mal à marcher et à tenir debout. » Le directeur opérationnel de ces fouilles rappelle que les investigations devaient se limiter au tas de fumier et non au sol en dessous. Un autre officier nuance : « Je ne peux pas affirmer que nos recherches ont été précisément réalisées au-dessus de la zone de découverte du corps. Quand bien même nous aurions été au-dessus de celle-ci, le sol n'a pas été creusé lors des recherches de 2015 et il ne pouvait être découvert. » Anaïs Guillaume était-elle déjà là lors des premières fouilles ? En s'appuyant sur la méthode de Brooks et Suchey, couramment utilisée pour estimer l'âge d'une personne décédée, un anthropologue affirme qu'elle est décédée « à 19,6 ans, + ou – 2,4 ans ». Elle a disparu le 16 avril 2013, deux mois avant ses 22 ans, soit l'estimation haute de l'expert – 19,6+2,4. Loin, en tout cas, des 25 ans qu'elle aurait eus si, comme l'affirme le corbeau, elle était décédée en 2016. Les gendarmes ont donc dû passer à quelques dizaines de centimètres du corps de la jeune femme lors des fouilles du 31 mars 2015…

L'étude du squelette de la jeune femme établit l'absence de toute substance médicamenteuse psychoactive ou stupéfiante. La cause de la mort, elle, se révèle impossible à déterminer. Aucun orifice balistique n'est constaté. Aucune trace d'une attaque à l'arme blanche n'est relevée. Aucune fracture n'est mise en évidence, y compris au niveau de l'os hyoïde, souvent brisé en cas de strangulation ou pendaison. D'autres hypothèses restent ouvertes : asphyxie, noyade, empoisonnement. Chacun son tour, les experts de l'IRCGN se sont heurtés à l'épreuve du temps, impuissants face à ce que la fuite des jours et la chaux avaient dérobé à ce corps sans vie.

Quand Damien Delavenne reçoit les analyses de l'IRCGN, illustrées par des photos du squelette, Valérie Guillaume demande à les voir. L'avocat refuse, conscient de l'impact de ces clichés. Mais elle insiste, finit par le convaincre et, en les découvrant aux côtés de son mari, s'effondre, anéantie. « S'il avait été là à cet instant, je le tuais de mes mains », m'assure-t-elle d'une voix désolée.

39.

Dès qu'il a lu la lettre anonyme que venait de lui remettre sa secrétaire, un souvenir a saisi Ghislain Fay. C'était quelques mois plus tôt, la cour d'appel venait d'annoncer le maintien en détention de Philippe Gillet, malgré l'erreur de la peine illégale. À l'avocat, l'agriculteur avait demandé : « Mais qu'est-ce qui pourrait encore faire bouger les choses ?

— Qu'on retrouve Anaïs Guillaume, Philippe… »

À la vue du courrier, l'avocat prend peur. Aurait-il été manipulé ? Il se dépêche d'en faire une copie, adresse l'original au procureur de Charleville-Mézières et prévient son client. Un mois plus tard, il apprend par la presse qu'un corps a été retrouvé sur l'exploitation de son client et qu'un supplément d'information est ordonné – personne n'a jugé utile de l'en informer. Mal à l'aise, Ghislain Fay ne parvient pas à écarter la plus pénible des hypothèses : en voulant s'innocenter, son client a aggravé son cas.

En cette fin d'automne, d'autres font le même raisonnement. L'un d'eux, apprenant que j'ai été l'un des destinataires du courrier, a la présence d'esprit de me demander si je l'ai déjà rencontré. Oui, au printemps 2013, et je suis le seul journaliste dans ce cas – ainsi que le confrère de « Sept à huit », en 2015. « Alors voilà pourquoi tu as eu droit toi aussi à ton petit courrier », en déduit mon interlocuteur.

Au début de l'année 2020, des portables et des cartes SIM sont découverts dans la cellule de Philippe Gillet. Dans les semaines qui ont précédé la découverte d'Anaïs, les deux contacts téléphoniques les plus récurrents ont été Victoria et Benjamin. Début mars, ce dernier déclare que la fille aînée de l'agriculteur pourrait être à l'origine de l'envoi des lettres anonymes. Les enquêteurs ont en tête le témoignage de l'autostoppeur conduit à Florenville par Victoria, à la recherche du bureau de poste.

L'enquête avance sous les radars médiatiques jusqu'au 19 septembre 2020. Ce jour-là, *Le Parisien* révèle que Victoria Gillet a été placée en garde à vue en août et qu'elle a reconnu avoir écrit et posté la lettre anonyme sur instruction de son père. La perquisition menée à son domicile permet aux gendarmes de mettre la main sur un brouillon de la lettre qui, selon la jeune femme, lui a été remis par son père lors d'un parloir. Quelques semaines plus tard, on me montre ce brouillon : « Tu t'es fait baiser par tous ce qui avait dans le journal. Le coupable a remis le corps de Anaïs dans le tas de fumier en face de chez toi avec de la chaux dessus. Les plaques de la bagnole et le téléphone sont dans la rivière au bout de ton champ à Linay après le terrain de foot. » Après les aveux de sa fille aînée, Philippe Gillet est plus seul que jamais. Le piège s'est refermé sur celui qui l'a tendu. Selon les expertises, Anaïs Guillaume a été tuée à l'époque où elle a disparu. Six ans et demi plus tard, la voilà retrouvée sur les terres de la dernière personne à l'avoir vue en vie, qui savait précisément où elle était enterrée puisqu'il a indiqué à sa fille où elle devait fouiller… « Il nous fera encore le coup du complot mais il est dans de très sales draps », me confie un magistrat. Victoria Gillet, qui a aussi reconnu avoir fourni des téléphones à son père, ne sera pas poursuivie. Elle aurait pu l'être pour « modification de scène de crime », mais puisque son action a permis de retrouver Anaïs Guillaume, « ça n'aurait aucun sens, défend un magistrat de la cour d'appel. Objectivement, elle a participé à l'éclosion de la vérité. Ce qu'elle a fait, c'est pour son père. Aucun élément ne permet d'imaginer qu'elle ait été au courant de quelque chose à propos de la mort d'Anaïs Guillaume ». Après sa confession aux gendarmes, son père lui a retiré les procurations relatives au fonctionnement de son exploitation ainsi que la tutelle de sa petite sœur. Je l'imagine dans sa cellule, narines frémissantes, mâchoires grinçantes, à la recherche de quelque chose à écrabouiller. La rupture semble consommée. Irina et Victoria Gillet sont contraintes à un rôle impossible : être les filles d'un père suspecté d'avoir tué leur mère puis assassiné son amante. Acculée dans un épouvantable conflit de loyauté, Victoria Gillet osera-t-elle témoigner contre son père devant la cour d'assises de la Marne ? Le procès en appel est annoncé pour avril 2021.

À la fin du mois de janvier, Valérie Guillaume est contactée par la section de recherches. « Nous allons vous rendre votre fille. » Voilà quinze mois qu'elle a été exhumée pour les besoins de l'enquête. Ses ossements sont remis à la chambre funéraire de Carignan, où son squelette est reconstitué et disposé dans un cercueil en présence de ses parents. Des effets personnels sont ajoutés – quelques bijoux, son chien en peluche, un petit ours offert par l'un de ses frères. « Quand tout a été mis en place, je l'ai recouverte comme si elle était encore mon bébé, se souvient Valérie. Je voulais juste que plus personne ne la touche. » Ses obsèques ont lieu le 3 février. Malgré les restrictions liées au Covid-19, quatre cents personnes l'accompagnent jusqu'au cimetière de Blagny. Dans le cortège broyé par l'émotion, chacun tient une rose blanche. Visages fermés, yeux rougis. Seul le bruit des sabots de Fanny, la jument d'Anaïs, perturbe le silence. Après deux kilomètres, le cercueil blanc arrive à sa dernière destination. La musique du *Roi Lion*, l'un des dessins animés préférés d'Anaïs, retentit. Sous une tonnelle, Madissone exprime ce que d'autres ressentent : « Une partie de moi a disparu. »

La famille Guillaume doit ensuite s'organiser en vue du procès. Beaucoup veulent montrer que ni le temps, ni les kilomètres, ni une pandémie n'ont fait oublier Anaïs. L'aller-retour quotidien Blagny-Reims n'est pas envisageable et une location apparaît trop coûteuse. Domiciliés à une trentaine de kilomètres de Reims, un couple de vignerons chez qui Fabrice participe aux vendanges propose de loger tout le monde.

À Charleville-Mézières, dans son appartement situé non loin de la maison d'arrêt, Marlène Borde se prépare aussi à l'échéance. Fin 2020, cette jeune magistrate ardennaise, fille unique de parents ouvriers, a été sollicitée par la cour d'appel. Le procès en appel de Philippe Gillet doit durer trois semaines et le contexte sanitaire justifie la désignation de deux avocats généraux. Elle accepte sans hésiter. Jacques Louvier, l'avocat général du premier procès, lui propose une répartition des rôles : elle devra convaincre les jurés que l'accusé a assassiné Anaïs Guillaume et il devra les persuader qu'il a tué son épouse. Pendant l'hiver, Marlène Borde se rend à Fromy et Margut, déambule dans les rues de ces villages qu'elle découvre, réalise à quel point on y est isolé – à la marge des Ardennes, au bout de la France, à l'ombre de la Belgique. Comme si cette géographie avait contribué à favoriser la genèse des crimes reprochés à l'agriculteur. En étudiant les photos du dossier, elle découvre aussi comment, lorsqu'on se positionne aux fenêtres de la ferme de Philippe Gillet, le long de la route départementale, deux des poteaux disposés le long de la voie ferrée, de l'autre côté de la route, encadrent le tas de fumier d'où a été exhumée Anaïs. Le poste d'observation parfait pour surveiller l'endroit où on a dissimulé un corps, en déduit-elle.

40.

Le 6 avril 2021, au palais de justice de Reims. Face à une salle d'audience bondée, la présidente, Hélène Langlois, physique frêle et regard sévère, fixe la règle sanitaire à l'accusé : « Il vous est autorisé de baisser votre masque lorsque vous vous exprimerez. » Cette fois, l'intéressé ne s'est pas rasé la tête. Il est âgé de 48 ans. Voilà cinq ans qu'il est incarcéré. Place au tirage au sort des jurés. La défense récuse trois femmes, l'avocat général deux hommes. Six femmes et trois hommes prennent place autour des quatre juges professionnels – une présidente, trois assesseures. Plus de soixante témoins et experts sont prévus. L'une n'a pas pu être localisée et une autre est incertaine car « la nounou de son enfant est cas contact », annonce le greffier. Victoria Gillet, elle, est absente. « Nous souhaitons impérativement l'entendre », prévient l'avocat de la famille Guillaume. L'air préoccupé, Ghislain Fay complète : « De ce que je sais, elle est gravement malade. » À la suspension suivante, l'un des protagonistes me glisse à voix basse : « Cancer. »

À la barre, Didier Turk, aidé de ses notes, nous renvoie au printemps 2013. Le véhicule calciné de la jeune femme retrouvé « dans un lieu bien choisi, par quelqu'un qui devait connaître les lieux ». La personnalité épanouie de la disparue, le profil de Philippe Gillet, les interversions de cartes SIM destinées à simuler une conversation, l'ultime bornage du téléphone d'Anaïs par l'antenne-relais qui couvre le domicile de l'accusé, la faute d'orthographe qu'il fait tout le temps dans leurs SMS, l'achat de chaux caché aux enquêteurs… Et puis la mort de Céline Gillet, les lacunes initiales de l'enquête des gendarmes locaux, qualifiées d'« aberrantes » par l'avocat général, sans oublier Anaïs qui assure le tenir « par les couilles » pour la mort de son épouse. Dans son box, l'accusé, mâchoires serrées, s'agite et maugrée. « Là, c'est trop gros, je ne peux pas me taire !

— Vous aurez le temps de vous expliquer, répond la présidente.

— Là, y a quand même une accumulation !

— Asseyez-vous ! »

Le lendemain, un expert de la gendarmerie détaille les manipulations de cartes SIM entre le téléphone de Céline Gillet, inactif depuis des mois, et celui d'Anaïs Guillaume. « Lui seul savait où se trouvait le téléphone de son épouse. Lui seul en connaissait le code PIN. Le détenteur du téléphone de Céline Gillet au moment des faits est le même que celui qui avait le téléphone d'Anaïs Guillaume puisqu'il y a eu permutation des cartes SIM. Cette personne ne peut être que Monsieur Gillet puisqu'il était seul chez lui à cette heure. » Je déjeune avec Didier Turk et son collègue sur un banc de pierre, au pied de la gigantesque cathédrale où étaient sacrés les rois de France. L'ancien directeur d'enquête, toujours habité par cette histoire, connaît le dossier par cœur : entre mai 2012 et avril 2013, Gillet a eu 1 694 contacts avec Anaïs, six fois plus qu'avec n'importe qui d'autre.

L'audience reprend et la présidente Langlois s'adresse aux parties civiles : « Des photos des fouilles menées en 2019 vont être projetées. Cela pourrait être difficile pour vous… » Les parents d'Anaïs et leurs fils s'interrogent du regard. Ils restent. Des photos du squelette apparaissent sur les écrans. Des jurés préfèrent se replonger dans leurs notes.

Troisième jour. Des lunettes de soleil posées sur son crâne rasé, une veste colorée dont les manches retroussées laissent entrevoir ses avants-bras tatoués, des talons qui claquent sur le plancher. Victoria Gillet s'avance à la barre sans un regard pour son père et toute la salle n'a d'yeux que pour elle. Ils ne se sont pas revus depuis six mois et une dispute au parloir consécutive à ses aveux en garde à vue. En découvrant les effets de la chimiothérapie sur sa fille, Philippe Gillet ne peut réprimer un hurlement de détresse. Il écarte d'un bras le membre de son escorte posté devant la petite porte et ordonne, tête baissée : « Foutez-moi la paix, je veux cinq minutes ! »

Hugues Vigier, qui a remplacé Guillaume Combes sur le banc de la défense, se lève : « Ça fait longtemps qu'il n'a pas vu sa fille… » Muette depuis le début de l'audience, Valérie Guillaume gronde, du feu plein les yeux : « Moi aussi ça fait longtemps que je n'ai pas vu ma fille. » Suspension d'audience. Dans la salle des pas perdus, je m'approche de Victoria Gillet, seule, dévisagée par des membres de la famille Guillaume. « Le journaliste à qui vous avez envoyé la lettre anonyme, c'est moi. » À cause de son masque, je n'arrive pas à distinguer si elle sourit ou grimace. J'enchaîne : « C'est la première fois que votre père est ému depuis le début du procès… » Son regard se durcit. « Tant mieux s'il s'est pris une bonne claque dans la gueule en me voyant comme ça. Il faudrait quoi, en plus ? Que je porte une perruque ? Qu'il comprenne ce que j'ai subi. » Elle était une enfant quand sa mère est morte, une adolescente quand son père est parti en prison. Elle est devenue une jeune femme malade de 20 ans partie pour témoigner contre lui. Face à moi, elle semble surtout déterminée à prendre le contrôle de sa propre vie. Je pense au temps qui passe, aux colères qui y résistent, renonce à un mot de compassion, supposant qu'elle n'en veut pas, et m'en remets à ma question rituelle : accepterait-elle de répondre à quelques questions après l'audience ? « Rien d'autre que ce que je dirai à la barre. Mais la photo, oui, si vous voulez. » Je me dépêche de l'immortaliser avec mon téléphone et la regarde s'éloigner vers la salle des témoins. À quelques pas de là, un jeune homme, seul lui aussi, est assis dans un coin, l'air perdu dans ses pensées : Benjamin, qui a déterré Anaïs avec Victoria. Depuis, il ne parle plus à la famille Gillet, me dit-on. Je le laisse tranquille.

Reprise de l'audience. Cette fois, la présidente omet de préciser ce qui va suivre. Les écrans s'allument. L'image est tremblante. Un bras de pelle jaune. Il plonge dans du fumier, en soulève, le dépose à l'écart. Le souffle du vent grésille dans la salle. Le film de Victoria. Sur son banc, Valérie Guillaume s'agite, comme prise au piège. Son fils aîné pose une main sur son épaule, la masse doucement. Elle prend son fils par la main et quitte la salle, révulsée. Son second fils les suit puis revient s'asseoir aux côtés de son père. Deux ans plus tard, Valérie Guillaume grimace dans sa cuisine : « J'aurais aimé avoir le temps de sortir. Voir ma fille déterrée, je ne pouvais pas. Impossible. Quand j'ai vu ces images, c'est comme si toutes mes forces me quittaient. Mais je ne voulais pas subir une fois de plus. La colère m'a donné la force de partir. » Sur les écrans, l'image s'agite encore. La voix de Victoria surgit dans la salle : « Arrête-toi. » Gros plan sur la dernière pelletée. Le coup de pelle suivant, plus lent, ramène de la matière blanchâtre, visqueuse. La pelle replonge, émet un son différent, mat. Zoom sur le blanc, encore. La voix de Victoria : « Viens voir… On est bien d'accord ? » La réponse de Benjamin se perd dans la bourrasque ardennaise. Encore deux coups de pelle, timides. Au sol, l'ombre des jambes de Victoria qui s'accroupit. « C'est tout mou… Il est là. » Une main passe devant l'œil de la caméra. « Il est là, arrête-toi. »

Le ciel bleu, le silence. Écrans noirs. Dans la salle, personne n'ose bouger. L'accusé observe les jurés, serein, comme persuadé que ce film atroce peut les convaincre de l'acquitter.

Il est 19 h 15 quand Victoria Gillet revient dans la salle, prête à tout affronter – la cour, son père, elle-même. « Je suis fatiguée… » répond-elle à la présidente qui s'assure qu'elle est en état de déposer. Elle entame son récit aussi prudemment qu'on débute une longue ascension. « Mon père m'a dit lors d'un parloir qu'il avait reçu une lettre anonyme… » Avant elle, l'accusé l'a expliqué dans le cadre du supplément d'instruction : « Un jour, ça a toqué à la porte de la cellule et le courrier est passé sous la porte. » Mais à sa fille aînée, il n'avait pas tout à fait raconté la même chose : un détenu avait reçu cette lettre à un parloir et l'aurait confiée à un autre détenu qui avait fini par la lui remettre. Évidemment, Philippe Gillet assure ignorer les noms de ces intermédiaires. À l'époque, Victoria n'en demande pas davantage et accepte la mission de son père : réécrire cette missive en l'agrémentant de mots belges avant de l'adresser aux avocats, le sien et celui des Guillaume, et au procureur des Ardennes – puis, comme cela n'avait rien changé, à moi. Face à la cour, Victoria se souvient que son père lui avait conseillé de s'équiper d'un bonnet, de gants et d'une écharpe pour ne pas laisser d'ADN sur les feuilles. À ce récit accablant, l'accusé oppose une explication : « Si j'avais donné directement le courrier original, avec mon ADN dessus, ça m'aurait causé des problèmes. »

Mais comment a-t-il pu indiquer avec précision l'endroit où il fallait creuser ? Grâce à une anomalie remarquée sur les photos de ses champs apportées par sa fille au parloir, rétorque-t-il. L'histoire est grotesque. L'aplomb de cet accusé n'en finit pas de sidérer.

La présidente se cale au fond de son siège et, d'une voix douce, demande à Victoria : « Quel était votre état d'esprit dans les semaines qui ont précédé vos fouilles ?

— J'étais la petite fille qui aidait son papa. Il n'avait que moi, je n'avais que lui. J'étais son seul soutien. Pour moi, il était innocent à 100 %. J'avais plus confiance en lui qu'en la justice.

— Et maintenant ?

— Je suis complètement perdue. Je veux avoir une vie saine. »

La nuit est tombée quand le compagnon de Victoria lui succède à la barre. Trop virulent, il est vite rappelé à l'ordre par la présidente. « Si Victoria ne faisait pas ce que lui demandait son père, c'était la peur, assure-t-il. Elle a été livrée à elle-même. Elle était endoctrinée. Son père l'appelait plusieurs fois par jour. Il lui a demandé du cannabis pour pouvoir cantiner comme il voulait ! Quand je lui ai dit que sa fille ne ferait plus ce qu'il voulait, il m'a répondu qu'il allait me casser les genoux à sa sortie. » La séquence vire au règlement de comptes. Les avocats s'en mêlent. Hugues Vigier rappelle que l'accusé a déjà été insulté par ce témoin. Richard Delgenes, l'avocat d'Irina, la petite sœur de Victoria, annonce que ce jeune homme a déjà frappé sa cliente. Des cris fusent.

Victoria et son compagnon sont évacués. Une famille vient d'achever de se déchirer et tout le monde, abasourdi, disparaît dans la pénombre.

Quatrième jour. Deux versions des lettres anonymes ont été versées au dossier. L'une, saisie dans la cellule de Philippe Gillet et prétendument glissée sous sa porte ; l'autre, trouvée chez Victoria, que l'accusé a reconnu avoir écrit. L'experte est catégorique : celles-ci ont été rédigées par la même personne malgré les efforts faits pour le déguiser. Il est question d'interlignage, d'inclinaison homogène, d'aspect dilaté des ronds de certaines lettres et cela se révèle passionnant. Un cousin d'Anaïs grince : « Encore une manipulation… » Soucieux que les mensonges de l'accusé infusent dans l'esprit des jurés, les avocats des parties civiles multiplient les interrogations redondantes. Quand son tour arrive enfin, Hugues Vigier, armé d'un sourire prêt à avaler mille couleuvres, abrège : « Ça a été très clair, merci, pas d'autre question. »

Un homme à la silhouette fatiguée arrive. Le mari de Patricia, l'ancienne voisine d'Anaïs et Madissone, témoin clé de la soirée du 16 avril 2013, décédée peu avant le premier procès. Ses premiers propos sont inaudibles. « Avec les médicaments que je prends… » s'excuse-t-il. L'huissier lui tend une bouteille d'eau. Quelques gorgées plus tard, ce chauffeur de bus dépeint Anaïs en « jeune femme sympa, dynamique, courageuse, à part son caractère un peu fofolle des fois » et qui, parfois, confiait sa vie sentimentale. « Et qu'est-ce qu'elle vous en disait ? relance la présidente.

— Un peu comme dans tous les couples, des hauts et des bas.

— Vous considériez Philippe Gillet et Anaïs Guillaume comme un couple ?

— Ben oui. »

Assise à côté de Richard Delgenes, Irina Gillet semble absorbée par son portable. Sur son écran, je reconnais le logo d'une marque de vêtements. J'ai pensé : mécanisme de défense. Aux assises, chacun se protège comme il peut.

Cinquième jour. « J'ai connu Anaïs quand elle avait 14 ans. Elle est devenue ma meilleure amie. » Madissone Houde est venue pour raconter leur amitié mais la présidente veut seulement savoir combien de joints elles ont fumés. « Est-ce qu'elle a déjà assez consommé pour être, entre guillemets, défoncée ?

— Non. Avec un joint, on rigolait beaucoup. On était entre nous, on ne bougeait pas.

— Qui achetait ces stupéfiants ?

— Toutes les deux.

— Et l'alcool ?

— Elle savait ce qu'elle faisait. Elle n'était jamais défoncée.

— Anaïs vous faisait-elle des confidences sur sa relation avec Philippe Gillet ?

— Elle l'aimait. C'était assez conflictuel, du genre je t'aime moi non plus. Anaïs avait besoin d'engagement, c'est pour ça qu'elle l'a quitté. Elle voulait une vraie histoire d'amour, pas une relation cachée. »

Madissone évoque aussi les violences du 3 juin 2012, lorsqu'Anaïs reçoit trois jours d'incapacité. « Il l'avait poussée par terre en disant : le trou, on le creuse maintenant ou après ? La phrase m'avait marquée. Anaïs était en pleurs quand elle me l'a dit.

— Y a-t-il eu d'autres violences ?

— Quand on vivait ensemble, j'ai vu des traces rouges sur son cou. Elle était sous son emprise, quand même. Au fil des mois, elle voulait arrêter leur relation, mais il ne la laissait pas partir. À chaque fois, il revenait. »

Quand Madissone s'inquiète de nouvelles rougeurs, son amie répond : « C'est rien. » À la barre, Madissone respire plus vite : « Elle n'était pas sereine, je pense qu'elle le craignait.

— Pourquoi ?

— À cause des violences et parce qu'elle était amoureuse. Elle voulait que ça fonctionne entre eux.

— Et vous-même, vous aviez peur de lui ?

— Quand j'ai vu les premières marques sur le cou d'Anaïs… Je le craignais.

— Et aujourd'hui, vous avez peur ?

— Oui. »

La présidente lit la question d'un juré : « Est-ce qu'Anaïs s'isolait socialement depuis qu'elle était avec l'accusé ?

— De ses amis, oui. De ses parents, jamais.

— Comment était-elle depuis qu'elle avait entamé sa relation avec Jérôme ?

— Elle redevenait coquette, se rachetait des vêtements, était plus souriante. »

Sixième jour. Une femme traverse le prétoire, scrutée par la cour et le public. Le temps de la saluer, la présidente résume : « Vous avez eu une relation avec Philippe Gillet et…

— Non !

— Ah ? Mais vous aviez pourtant déclaré que…

— Une relation, non. Un rapport sexuel, oui. Une fois, à l'été 2015. »

Un procès d'assises est une mise à nu qui, partout ailleurs, serait indécente. Le rapport en question fut « basique » et l'accusé « délicat et affectueux », complète la témoin, pressée de tourner les talons.

Quatre femmes se succèdent pour raconter celui qu'elles ont connu dans l'intimité.

En 2010, le mari de Roselyne est tué lors du cambriolage de leur maison. Quelques mois plus tard, des amis de cette directrice financière l'inscrivent sur un site de rencontres. Elle ne s'y connecte jamais mais, au printemps 2012, une notification apparaît. Le profil de Philippe Gillet, veuf lui aussi. Au moment du second tour de l'élection présidentielle, se souvient-elle, elle lui rend visite à sa ferme. Ils deviennent amants. Philippe lui présente ses filles, pour qui elle se prend d'affection, puis sa mère et Anaïs, avec qui elle le voit échanger des mots cassants. « J'ai vu qu'il y avait quelque chose de spécial entre eux. » Gillet lui avoue avoir eu une relation avec sa commis mais jure que c'est du passé. Deux semaines plus tard, Roselyne somnole à ses côtés quand le téléphone de son amant s'allume. Il ne bronche pas. Elle jette un œil. « Je t'aime », lit-elle. L'explication est inévitable. « Il m'a lancé : tu vois, c'est elle qui me harcèle... » relate Roselyne. Elle le pousse à choisir. Alors ce sera Anaïs, répond-il, lui demandant de rester jusqu'au matin pour que son absence n'attriste pas ses filles. « Nous nous sommes quittés le lendemain. Il n'avait pas l'air mécontent, il a même préparé le petit déjeuner. » Elle en sourirait presque. Roselyne veut aussi raconter Victoria et Irina. De l'aînée, elle se rappelle la force de caractère. « Un jour qu'elle allait à la traite des vaches, elle m'a dit : il faut que j'y aille, Roselyne, les vaches m'ont déjà pris maman mais il faut que j'y aille. » D'Irina, elle se souvient de ses mots : t'es ma nouvelle maman. Sa voix se charge d'émotion. « Ça a été très dur de quitter ces deux petites, mais je n'étais pas là pour ça... » Après le procès d'assises de Charleville-Mézières, elle est allée les revoir à la ferme. « Cette maison n'était plus que l'ombre d'elle-même. Avant, les chambres des filles étaient des chambres d'enfant avec des peluches, des dessins. Quand j'y suis retournée, il y avait des aliments moisis, des matelas moisis, des branchement sauvages... Rien n'a été fait pour les protéger quand leur père est allé en prison ! Je suis allée faire des courses avec elles et les gens les regardaient comme des pestiférées. Il faut le dire, ça aussi ! Victoria était à peine majeure, elle était dépassée. Je lui ai montré comment classer des documents, ceux qu'elle devait signer. Elles m'appelaient tous les jours. Je me sentais impuissante… »

Septième jour. Valérie Guillaume fixe les jurés, prête à raconter Anaïs et l'enfer de son absence. Le lendemain, cela fera huit ans qu'elle a disparu. « Elle avait 21 ans, elle était pleine de vie. » Les débuts de sa fille chez l'agriculteur, la rumeur de leur liaison, la plainte déposée et classée sans suite, ses tentatives pour l'éloigner de lui. « Nos disputes avec Anaïs, c'était toujours par rapport à Monsieur Gillet. On se disputait beaucoup, alors il l'a mise dans un appart en se portant garant et elle s'est laissé influencer. » Puis les premières heures d'angoisse, l'indifférence des gendarmes, encore, et depuis, les ténèbres qui étouffent son existence. « À la maison, à chaque fois qu'on se met à table, on voit sa chaise vide. Il y en a toujours un qui se lève, va manger dans la cuisine ou le canapé. Manger tous ensemble n'est plus possible. Pendant six ans, ça nous a empêchés de dormir, c'était notre hantise. » Le 28 octobre 2019, son squelette est sorti d'un tas de fumier. À la barre, sa voix se brise. « Quand on nous l'a rendue, elle était… On a vu quoi de notre fille ? Que des ossements ! Je n'ai pas embrassé ma fille, j'ai embrassé un crâne ! » Son cri déchire la salle. Silence de cathédrale. « Aujourd'hui, si on pouvait au moins lui rendre un peu de dignité. Qu'elle puisse reposer en paix, c'est tout ce que nous voulons. » Ses fils et son mari pleurent en silence. Ils ne sont pas les seuls. Des photos sont projetées. Anaïs nous fixe tous, espiègle.

La mort de Céline Gillet est abordée. Depuis le procès de Charleville-Mézières, rien n'a changé. Les experts nommés cinq ans après son décès répètent que les constatations du 3 janvier 2012 ne sont pas compatibles avec la chute d'une vache. L'un des médecins de l'hôpital où Céline Gillet a rendu son dernier souffle l'admet : ne pas avoir procédé à une autopsie a été une erreur. Les mêmes impasses, toujours. Escorté jusqu'à la barre, l'accusé mime la chute de la vache et râle contre ces experts : « Après la reconstitution à la ferme, j'étais sûr qu'ils n'avaient rien compris. Nous y v'là ! » Les photos prises ce jour-là sont diffusées. Arrive celle où il est couché au sol, appliqué à mimer la pose du bovin en train d'écraser sa femme, incarnée par un mannequin en plastique. Théâtral, il marmonne encore : « Ça aurait été plus facile avec un mannequin de vache ! » À la barre, il doit mimer une énième fois la glissade de l'animal, le buste bombé et les bras repliés en guise de pattes avant. « Elle n'arrivait pas à ce que les pattes retouchent le sol, elle ne pouvait pas se redresser ! » L'instant est surréaliste.

Neuvième jour. L'agriculteur est interrogé par la présidente sur les circonstances de la disparition d'Anaïs Guillaume. « Où se trouvait le téléphone de Céline Gillet ?

— Pour moi, il est dans la cuisine.

— En garde à vue, vous aviez déclaré qu'il était dans la table de chevet. Alors ?

— Pour moi, il est dans la cuisine.

— Ce téléphone n'a pas servi depuis des mois et il est réactivé à 3 h 58 cette nuit-là. Qui l'a mis sous tension ? Vous ?

— Non.

— Alors qui ?

— Pour moi, c'est Anaïs.

— Pourquoi, à ce moment-là, mettrait-elle ce téléphone sous tension ?

— Pour se dépanner. Enfin, c'est ce que j'imagine.

— Mais elle n'a jamais utilisé ce téléphone...

— Moi, je vois que ça.

— Mais quel intérêt aurait-elle eu de se dépanner puisqu'elle a son propre téléphone ?

— Son téléphone, c'était comme sa voiture : ça marchait une fois sur deux. »

Son état d'esprit au cours des jours suivants ? « Pour moi, Anaïs, elle était partie. Elle disait toujours qu'elle voulait foutre le camp loin, et voilà, elle a fini par le faire. J'ai envoyé une paire de messages, j'ai pas eu de réponse, terminé. »

La présidente opère un bond dans le temps. « Victoria a expliqué qu'à l'occasion d'un parloir, vous lui dites avoir reçu un courrier anonyme. Comment vous était-il arrivé ?

— Il a été glissé sous ma porte.

— Sous votre porte de cellule ?
— Ben oui !
— Et ça vous a posé question, non ?
— Sur le coup, pas tout de suite. J'en ai parlé au parloir en me disant que c'était rien puisque ce tas de fumier avait été épandu en 2015 par les gendarmes et après, on me dit : ben y a quand même un petit tas qui est revenu. Ah ? Là, je me dis que s'il y a quelque chose, ça ne peut être que bénéfique puisqu'en 2015, elle n'y était pas. Donc elle serait arrivée là après que je sois arrivé en prison. » Pour convaincre, il brandit un autre argument : s'il avait su qu'Anaïs Guillaume se trouvait sous le tas de fumier avant qu'il ne soit placé en détention provisoire, « c'était facile de mettre les os dans un épandeur. Je prenais le tracteur, je l'éparpillais, on labourait les terres et c'était fini ». Valérie Guillaume quitte la salle en claquant la porte battante. La présidente continue de tisser sa toile. Pourquoi ne pas avoir remis aux enquêteurs la lettre anonyme arrivée sous sa porte ? Pourquoi demander à sa fille aînée de la réécrire en ajoutant des mots belges ? Pourquoi lui avoir suggéré de mettre des gants, un bonnet, une écharpe et d'aller en Belgique pour la poster ? Pourquoi lui ordonner de détruire les brouillons ? Pourquoi, sinon pour orienter vers une fausse piste ? « Moi, la logique, vu que je suis sûr qu'en 2015, le corps n'y était pas, c'était de reprovoquer des fouilles, mais sans attirer l'attention, sinon tout le monde allait dire que c'est nous. J'avais plus confiance, aussi !

— Mais pourquoi ne pas avoir repris tel quel le courrier arrivé dans votre cellule ?

— C'était dans l'idée de mieux le structurer… »

Confronté aux éléments les plus embarrassants pendant quatre heures, il rétorque, imperturbable : « Oui, et alors ? », lève parfois les bras en signe d'impuissance, léger sourire en coin : « Mais qu'est-ce que vous voulez que je vous dise ? » Le reste du temps, il bout à petit bouillon, registre dans lequel il est parfaitement à l'aise, tout de colère contenue et d'agacement surjoué, relevé d'un zeste d'apitoiement.

Il est 20 h 30 quand la présidente cède la parole aux avocats des parties civiles, impatients de poser leurs kilomètres de questions. Avant de réaliser l'état de fatigue des jurés et de suspendre l'audience jusqu'au lendemain. Dépité, l'un des avocats de la partie civile souffle : « Oui, comme ça, Monsieur Gillet aura le temps de bien se reposer… » L'intéressé se tourne vers lui et le défie : « Si vous voulez, on continue ! » L'endurance de cet accusé verrouillé à double tour était phénoménale.

Dixième jour. Olivier Menut, le second conseil de la famille Guillaume, change de registre : « Quels sont vos principaux regrets ? demande-t-il à l'accusé.

— En général ?

— Oui.

— Je ne sais pas pourquoi je me suis mis en tête de reprendre la ferme de mes parents… Le premier regret, c'est de ne pas avoir foutu le camp.

— En avez-vous d'autres ?

— Je peux en faire à la chaîne, mais le point de départ, c'est cette putain de ferme à laquelle je me suis attaché plus que tout. Quelqu'un m'a dit un jour : avec tout ce bazar, t'es riche de biens, mais t'as pas pris le temps de vivre.

— L'expert psychologue a dit que vous étiez "le maître de votre territoire". Qu'en pensez-vous ?

— Je dirais plutôt le chef d'orchestre. Vous allez à la foire le dimanche avec vos filles et à 17 heures, vous leur dites qu'il faut repartir car vous devez traire les vaches. Voilà, c'est ça qui fait chier. Enfin, vu de l'extérieur tout ça… »

Jonathan Guillaume, le frère aîné d'Anaïs, témoigne à son tour. « Au premier procès, en 2019, je n'avais pas parlé – c'était impossible. J'avais une relation fusionnelle avec ma sœur. J'ai fait une grosse déprime, je voulais le tuer mais je ne suis pas un meurtrier. Cette histoire m'a anéanti. » Ce beau jeune homme au regard triste et aux cheveux ondulés va se rasseoir au milieu des siens. Clément, son cadet, prend le relais : « Mon père, ma mère, mon frère, ce sont des gens courageux. Mais à un moment, j'ai cru que c'était le procès de ma famille. » Allusion à la consommation de cannabis de la victime, évoquée par la défense pour suggérer qu'elle ne serait pas décédée la nuit de sa disparition puisqu'aucune trace de toxique n'a été relevée dans les ossements. Hugues Vigier, l'un des avocats de la défense, se lève d'un bond : « Est-ce qu'à un seul moment de cette audience vous avez pu penser que notre préoccupation était de faire du mal à votre famille ? » Clément Guillaume se tourne vers lui et opine. « Alors j'en suis désolé. Si j'ai évoqué ce point, c'était uniquement dans une dimension d'enquête scientifique. Soyez assurés que nous n'avons pas un mot de critique à formuler sur votre famille. »

Douzième jour. Place aux plaidoiries et réquisitions. Pendant plus de deux heures, Damien Delavenne retrace les épreuves traversées par la famille Guillaume et ce qui, selon lui, a constitué l'ADN de la relation entre Anaïs Guillaume et Philippe Gillet. « Elle s'est transformée durant cette période car il avait une emprise importante sur elle. Durant leur relation, il en a entamé d'autres, mais avec Anaïs, il a été dans un lâcher-prise. Dans cette enceinte, il nie ses sentiments pour elle, mais ceux-ci ont été réels, intenses. » L'avocat touche juste. Rapportés par des témoins, les cris d'amour de l'accusé envers la jeune femme émaillent le dossier : « Je l'ai dans la peau », « C'est ma puce », « Je lui dois la vie », « Je l'aime comme un fou »... Plutôt que de plaider, Olivier Menut, le second avocat des parties civiles, s'applique à lire une longue lettre rédigée par ses soins et adressée à... Anaïs Guillaume. « Je ne te connais pas mais je me permets de t'appeler Anaïs et de te tutoyer », prévient-il, tourné vers Fabrice et Valérie Guillaume, bien décidé à raviver les souvenirs des pique-niques familiaux, « de ton premier chat, Lucky, des galettes au sucre de ta grand-mère Odette et des élevages de coccinelles qui, l'été, envahissaient ta chambre ».

Après deux nuits passées à rédiger son réquisitoire, Marlène Borde, épuisée, impressionnante, tente de reconstituer le puzzle qui démontrerait la préméditation de l'accusé. Le contexte, d'abord, était bien celui d'une séparation définitive, comme l'atteste l'échange de SMS en date du 14 avril 2013. *Est-il toujours trop tard ?* lui écrit-il. *Parfois, il suffit d'un déclic. Fait le tour de tes envies mais STP décide seul. On s'est fait bouffer par notre entourage. Tirons-en les leçons.* La réponse tombe, limpide : *c'est déjà décidé seul. Et désolée le déclic est arrivé mais pas avec toi. Peut être que je me trompe mais qui vivra verra.* La jeune femme rejette non seulement la main tendue mais ajoute qu'un autre est désormais dans sa vie. Neuf jours plus tôt, elle a eu recours à une IVG, « ce qui est tout sauf une déclaration d'amour envers Philippe Gillet », souligne la magistrate ardennaise. Celle qui avait écrit à la mère de l'accusé qu'elle lui donnerait un petit-fils a changé d'avis. L'achat de chaux est abordé par l'avocate générale. Au cours des huit dernières années, les perspectives d'utilisation auront varié plusieurs fois dans la bouche de l'accusé. En garde à vue, cette chaux était destinée à enlever la mousse de sa pelouse ; face au juge d'instruction, à désinfecter les cases de vêlage ; lors d'un autre interrogatoire, en vue de planter des pommes de terre qui n'ont jamais vu le jour ; à l'audience, pour les mammites des pis de ses vaches. « C'est difficile de bien mentir, et plus encore de bien mentir longtemps », déclare Marlène Borde en fixant l'accusé.

Ce n'est pas leur première confrontation. Quatre jours plus tôt, elle l'a confronté à ses erreurs récurrentes en matière de téléphonie, rappelant comment le 10 février 2015, au moment où Aurélie, qui venait de le quitter, découvrait un courrier anonyme la menaçant de réduire sa vie en miettes si elle ne retournait pas dans son lit, il échouait à masquer la provenance de SMS adressés à la jeune femme. « Et alors ? relance Gillet.

— Cela montre que vous n'y connaissez pas grand-chose en téléphonie, conclut la magistrate.

— Depuis le début, un coup je suis intelligent, un coup je suis un imbécile, il faut vous décider. »

Avait-il le temps de tout faire en une nuit ? s'interroge Marlène Borde à propos des circonstances de la disparition d'Anaïs Guillaume. À l'évidence, oui. La chronologie du 16 au 17 avril est abordée dans le détail. À 23 h 30, elle et l'accusé quittent Blagny pour rejoindre Margut, à sept kilomètres de là, soit neuf minutes en voiture. Les bois de Chameleux, où sera retrouvé le véhicule d'Anaïs, sont à dix-huit kilomètres de là, soit un quart d'heure en voiture, un peu plus à l'aller s'il faut conduire une remorque à double essieu comme celle repérée devant sa ferme de Margut par deux gendarmes en patrouille. Faire monter et descendre la Toyota d'Anaïs sur la remorque ne prend pas plus de dix minutes. Une voiture qu'on incendie brûle en moins d'un quart d'heure. Reste à transporter le corps de la jeune femme et à l'enterrer sous du fumier – « ultime outrage, odieux » – situé à 428 mètres du domicile de l'accusé et accessible à pied par le chemin qui longe la voie ferrée. « Anaïs a dû être tuée très vite car elle ne répond pas au SMS de son ancienne voisine à 0 h 56. » L'accusé avait largement le temps de tout faire avant de mettre en tension le portable de son épouse à 3 h 58. Cinq heures après les manipulations de cartes SIM, Philippe Gillet arrive à l'exploitation, où il est vu par son commis. Six ans plus tard, seules les indications de l'accusé permettent de retrouver le corps d'Anaïs Guillaume. Marlène Borde se rassoit, à bout de forces.

Pour Jacques Louvier, chargé de démontrer que le décès de Céline Gillet est criminel, la partie est plus délicate. « Ce qui s'est passé ce matin-là est très clair », martèle-t-il avant de poursuivre au conditionnel. Céline a dû lui faire des reproches, elle voulait divorcer, il a dû la frapper. Comme au premier procès, les lacunes aberrantes de l'enquête de « nos amis gendarmes de Margut » sont impossibles à surmonter. Assis au fond de la salle, Didier Turk et Vincent Dufourd écoutent les ultimes argumentations. Marlène Borde requiert la réclusion criminelle à perpétuité, assortie d'une peine de sûreté de vingt-deux ans. Regard dur, Philippe Gillet encaisse.

« Je savais que la tâche allait être rude... » débute, lucide, Ghislain Fay. Son propos se concentre sur les circonstances de la mort de Céline Gillet. « On vient vous dire qu'il n'y a pas eu d'enquête, mais il y a bien eu des constatations, des auditions, des photos, une synthèse.

Je pense qu'il y a un doute raisonnable. Vous n'avez pas d'éléments objectifs, concrets, qui vous permettent de le condamner. »

Au fond de la salle, Hugues Vigier tourne en rond tel un gladiateur impatient d'entrer dans l'arène. Ses lèvres bougent, ses mains s'agitent : en silence, il peaufine encore ses effets. Sa plaidoirie, à laquelle les parents d'Anaïs Guillaume préfèrent ne pas assister, fut la plus brillante et la plus désespérée. Sans préambule, l'avocat se lance à corps perdu dans le récit enfiévré de *La Mort aux trousses*, le dernier film d'Alfred Hitchcock, dans lequel un publicitaire est enlevé par des espions qui le prennent pour un agent secret qui, en réalité, n'existe pas. L'avocat, soudain, freine net. « Il y a des gens que tout accuse et qui sont innocents. » Son regard scrute l'approbation d'un juré, ausculte la moue sceptique d'une assesseure. Sans notes, il virevolte entre le premier roman d'Antoine Bello, *Éloge de la pièce manquante*, consacré à une série d'assassinats au sein du circuit professionnel américain de puzzle de vitesse, cite André Gide, interroge la présomption d'innocence, « cette notion tellement contre-nature qu'il faut tout le temps se faire violence », avant d'attaquer en piqué sur ce qui nous réunit : « Parce qu'on veut construire cette histoire, celui qui a besoin de dire un récit se retrouve dans une position extrêmement péremptoire. Quand on ne sait pas, on est contraint d'affirmer – et vous l'avez fait, Madame l'avocate générale, quand vous dites qu'il s'est rendu en Belgique dans la nuit du 16 au 17 avril en prenant soin de laisser son téléphone chez lui. Mais qu'en savez-vous ? Les pièces qui manquent, vous ne devez pas les construire. » Reste tout de même, plantée au cœur du dossier, impossible à contourner, cette fantastique téléphonie de la nuit du 16 au 17 avril « dont je dirais presque qu'elle est la vérité de ce dossier, l'argument fondamental ».

Le lendemain matin, Philippe Gillet est invité à s'exprimer pour la dernière fois. D'un ton las, peut-être résigné, il répète : « Comme je l'ai toujours dit, je suis innocent. » Les jurés disparaissent dans la salle des délibérés. L'avocat général Louvier me confie avoir pensé à me faire citer comme témoin : « Vous aviez reçu cette lettre anonyme car vous étiez le premier journaliste à l'avoir rencontré – qui d'autre que lui aurait pu vous l'envoyer ? » Je le remercie d'avoir renoncé – sinon, je n'aurais pas pu suivre ce procès mémorable. Cinq heures passent. La sonnerie retentit dans la salle. « La cour ! » tonne-t-il. La présidente et ses assesseures entrent, suivies des jurés. Les visages sont graves. « Vous pouvez vous asseoir », annonce la présidente Langlois. Philippe Gillet est le seul à rester debout. Reconnu coupable de l'assassinat d'Anaïs Guillaume mais encore acquitté pour la mort de son épouse, il est condamné à trente ans de réclusion – avec une peine de sûreté de vingt-deux ans. Rien ne trahit les sentiments qui l'étreignent. À quoi pense-t-il à cet instant ? À cette après-midi du 16 avril 2013, la dernière passée à labourer ses champs aux côtés d'Anaïs Guillaume ? À l'âge qu'il aura lorsqu'il pourra prétendre à retrouver la liberté ? À ses filles ? À son invincible déni ? Dans la salle des pas perdus, Ghislain Fay, honnête, convient que la peine prononcée était « attendue ». La famille Guillaume, elle, chavire. Sentiment d'aboutissement, sensation d'accomplissement. Valérie Guillaume et ses fils s'approchent de Marlène Borde pour la remercier et, dans leur élan, la prennent dans leurs bras. Les yeux sont rougis. « C'était très touchant. D'habitude, personne ne nous aime au parquet », me glisse la magistrate, émue à l'évocation de cet instant rare. À la sortie de la salle, la mère d'Anaïs s'approche de Vincent Dufourd et glisse : « Merci pour Anaïs. » Didier Turk est salué avec la même gratitude. Des mois plus tard, celui qui a fini par quitter la gendarmerie me souffle : « L'un de ses fils est aussi venu me dire quelques mots et c'est peut-être lui qui m'a le plus touché – depuis des années, je le voyais un peu taiseux comme son père, à se dire sans doute qu'on était nuls. » Avant de rentrer à Blagny, la famille Guillaume ouvre une bouteille de champagne chez leurs logeurs. Des verres se lèvent à la mémoire de celle qui n'est plus : « On t'a vengée. » Le lendemain matin, ils montent au cimetière. « On voulait lui raconter ce qui s'était passé », me dit Valérie.

Qu'est-ce qui s'est passé ? Une fois de plus, un homme tue celle qui lui échappe. « C'est le rappel ultime de qui possède encore le pouvoir. Ce ne sont pas des crimes passionnels. Ce sont des crimes de possession », écrit

Laurène Daycard[1]. Dans la nuit du 16 au 17 avril 2013, Anaïs Guillaume a été victime d'un féminicide intime – c'est-à-dire commis par le conjoint, actuel ou ancien. Sa mort a été précédée des deux principales récurrences constatées dans la genèse de ces crimes : un contexte de séparation et des faits de violences déjà signalés, ici mal évalués par les services locaux de gendarmerie, dont l'absence de réaction n'a pu que contribuer à alimenter un sentiment d'impunité. Si le terme de féminicide, apparu dans le dictionnaire en 2015, figure aujourd'hui dans le langage courant, le décompte se poursuit : en 2023, 94 féminicides ont été commis en France, contre 118 en 2022, 122 en 2021, 102 en 2020, 146 en 2019… Si le féminicide n'est pas, à ce jour, inscrit dans le code pénal français, commettre un meurtre en tant que conjoint ou, depuis 2010, ex-conjoint, constitue une circonstance aggravante.

Trois semaines après la condamnation définitive de Philippe Gillet, Coralie Kempf, une jeune femme âgée de 30 ans, était retrouvée morte, poignardée à la gorge, dans son appartement du centre de Reims, non loin du palais de justice. Interpellé sur place, son compagnon, qui vivait avec elle depuis deux ans, n'avait aucun antécédent pénal. Elle devait lui annoncer leur séparation. Cette année-là, elle a été la 41e femme tuée par son conjoint – ou ex-conjoint – en France. Une marche blanche a été organisée devant le palais de justice. Le

1. *Nos absentes, à l'origine des féminicides*, Seuil, 2023.

21 mai 2021, Coralie Kempf a été enterrée à Carignan, où réside sa famille, à quelques hectomètres de la famille Guillaume. Dans ces rues familières, Valérie Guillaume a croisé la route du père de Coralie Kempf. Elle a reconnu la détresse qui l'habitait, à laquelle s'ajoutait celle de ne rien savoir d'une enquête judiciaire. Elle lui a glissé le nom de son avocat.

41.

L'air est tiède, le ciel azur, la terrasse pleine de touristes. Elle arrive, souriante, opte pour un lait-noisette. À notre premier rendez-vous, un mois plus tôt, elle n'est pas venue. D'excellentes raisons pouvaient la convaincre de ne pas me rencontrer. Mais deux semaines plus tard, elle m'a rappelé, s'est excusée et nous avons fixé une nouvelle date. Lors du procès en appel de son père, je me souvenais de ses mots, lancés sur le parvis du palais de justice : « Il n'y a pas de bon journaliste. » Je n'avais pas cherché à nuancer ce constat. Deux ans ont passé depuis ma première conversation avec Irina Gillet. Quand je la retrouve, elle aura 20 ans à la fin du mois. Sa vérité n'a pas changé et elle me le rappelle sans attendre : « Dans cette histoire, le coupable n'est pas mon père. »

Devant les jurés marnais, elle avait répondu à l'interrogation de son avocat. « Tu as déjà posé à ton père la question sur son éventuelle responsabilité dans la mort de ta mère ?

— Jamais. Je pense qu'il est innocent… Lui poser des questions pourrait amener des tensions entre nous. »

Richard Delgenes s'était adressé à la cour : « Sa vie n'a pas été facile mais ne la résumez pas à cela. Elle est aussi une jeune fille souriante, positive, ambitieuse et qui a des rêves. Elle ne se victimise pas. Elle a un mauvais caractère et un grand cœur. »

Elle avait 8 ans quand sa mère est décédée et, ce jour-là, elle veut me parler d'elle, de leurs moments partagés, des fous rires à chausser ses paires de chaussures trop grandes ou à danser n'importe comment devant elle, hilare dans l'entrebâillement de la porte de sa chambre, sur des musiques poussées à fond. Ces instantanés d'enfance futiles et essentiels sont agrippés à sa mémoire. « Ma mère a été ma meilleure amie. » Les premières années d'Irina ont été heureuses et sans violence. Les rares disputes entre parents se réglaient dans le garage, à l'abri du regard des enfants. « N'allez pas croire que ma mère était du genre à s'écraser devant mon père ! »

Cette bulle explose le 3 janvier 2012 lorsqu'une surveillante vient chercher Irina dans sa classe de CE2 et la conduit, mutique, jusqu'au bureau de la directrice. L'enfant y découvre sa grand-mère maternelle, étrangement pâle. On lui apprend qu'un accident s'est produit à la ferme et que sa mère se trouve à l'hôpital. Irina ne sait comment réagir et finit par demander si elle peut retourner dans sa classe. Personne ne l'en dissuade. À l'heure du goûter, la mère d'une de ses amies l'attend à la sortie et l'invite à venir jouer à la maison. Irina y passe la nuit. Le lendemain est un mercredi, il n'y a pas école. Elle passe des heures heureuses. En fin d'après-midi, son père et sa grand-mère maternelle sonnent à la porte. Il est livide, elle a les yeux rougis. Les adultes autour d'elle murmurent. Irina est amenée dans une chambre. Assise sur un lit, elle apprend que sa mère est morte. Alors elle hurle et s'effondre. Jusqu'alors, la fin de la vie n'était qu'abstraction – elle était encore bébé lors du décès de son grand-père paternel. Le monde de son enfance est englouti. Elle rentre chez elle, accompagnée de son père. Le lendemain, elle retourne en classe mais tout a changé, le regard des autres, les conversations qui s'interrompent à son approche, les visages qui se plantent trop près d'elle et répètent : je suis désolé pour ta mère. Ces mots nourrissent sa douleur, lui donnent une consistance. Deux jours plus tard ont lieu les funérailles de Céline. Irina est au premier rang, parée de boucles d'oreilles depuis égarées. Aujourd'hui encore, cette perte lui rappelle l'infinie distance qui la sépare de sa mère. À l'école, elle fut entourée, soutenue. À la ferme, pendant que son père travaille, ses grands-mères se relaient auprès d'elle et sa sœur. Une nuit de mars 2013, Victoria est réveillée par des bruits étranges et découvre leur grand-mère paternelle à terre, privée de parole, foudroyée par un AVC. Elle appelle leur père. Les pompiers arrivent. La mère de Philippe Gillet est évacuée à l'hôpital de Sedan, où elle décédera peu après.

Le mois suivant, Anaïs Guillaume disparaît. Familière de la ferme depuis un an et demi, elle l'est aussi d'Irina et Victoria, plus jeunes d'une dizaine d'années mais avec qui elle monte parfois à cheval ou donne du lait aux veaux. Dix ans plus tard, Irina s'en veut d'avoir apprécié ces moments. La liaison entre son père et la jeune femme, elle l'a découverte en février 2012, lors d'un déplacement au Salon de l'agriculture. Elle s'accroche à l'idée que leur histoire n'a pas débuté avant la mort de sa mère. « J'ai juré à mon père que s'il m'avait menti à ce sujet, je ne lui adresserais plus la parole de ma vie. » En avril 2013, elle se trouve à la gare de Sedan avec son père quand elle reconnaît le visage d'Anaïs sur une affiche signalant sa disparition. « Je lui ai demandé : mais elle est où ? Il m'a dit : on ne sait pas. S'il y était pour quelque chose, il se serait enfui, non ? »

Son quotidien de préadolescente reprend son cours, encore à distance des soupçons et rumeurs qui s'accumulent autour de son père. En 2015, ce dernier est placé en garde à vue et ressort libre. Un matin de janvier 2016, lorsqu'Irina se réveille, son père n'est plus là : il a été escorté vers Reims pour être mis en examen et placé en détention provisoire. Irina et Victoria sont prises en charge par Amélie, la femme de ménage, puis vont passer quelques mois chez un oncle, avant de revenir là où Amélie a emménagé avec ses enfants. « Je voyais ma mère à chaque coin de la maison », se souvient Irina.

Le collège est devenu dérisoire. Elle peine à se concentrer, s'agace des réflexions de ses professeurs et des questions de ses camarades. Dans un nouvel établissement, elle découvre l'internat aux côtés de sa sœur, devenue lycéenne, et se lie d'amitié avec un groupe d'adolescentes assez attentionnées pour lui offrir des chocolats le jour de l'anniversaire de sa mère. Elle est en seconde lorsqu'un de ses enseignants organise en classe un débat autour de la peine de mort. Irina prend la parole, réticente à la lâcher. Au-delà de sa familiarité avec les parloirs, elle rêve de devenir avocate depuis l'enfance. Tandis que son père s'apprête à comparaître devant la cour d'assises des Ardennes, les relations avec sa sœur se dégradent. Elles ne se supportent plus. Irina refuse d'être placée en famille d'accueil, préférant emménager à Charleville-Mézières dans un appartement géré par le conseil départemental. Là, elle décroche son baccalauréat. Jamais Irina ne se plaint de son adolescence, pourtant absolument anormale, gangrenée par le vide béant provoqué par la mort de sa mère et les soupçons à l'encontre de son père. Quand je la rencontre, elle vit à Reims où elle poursuit sa deuxième année de droit et travaille comme serveuse dans un restaurant de zone commerciale. Hormis son parrain, un cousin dans l'ouest du pays et le frère de celui-ci qui garde sa jument, son seul lien familial est avec son père. Elle n'en veut pas d'autre car personne n'a été là lorsqu'il est parti en prison. Sa famille a volé en éclats.

Quand elle retourne dans les Ardennes, elle va au cimetière pour honorer le souvenir de sa mère, elle aussi trop vite séparée de ses parents et ballottée de foyer en foyer, près d'un demi-siècle plus tôt. Irina a rencontré beaucoup de thérapeutes et certains lui ont été bénéfiques, estime-t-elle, notamment celui qui a su apaiser ses terreurs nocturnes. Aujourd'hui, elle n'en voit plus et préfère noircir des cahiers dans lesquels elle s'adresse à sa mère. Elle le faisait déjà dans ses journaux intimes de petite fille. Récemment, elle a remis la main sur l'un d'eux, l'a ouvert au hasard et a ri en se lisant : « Je déteste ma mère, elle m'a forcé à mettre un col roulé qui gratte. »

À l'université, elle a des amis mais faire confiance est une épreuve plus difficile pour elle que pour les autres. Avec certaines connaissances, elle s'amuse à leur suggérer de taper son nom dans un moteur de recherche. « Quelques-uns se sont enfuis », rit-elle. Avant de me rencontrer, elle a toujours décliné les sollicitations médiatiques, à l'exception d'un « Faites entrer l'accusé » après la condamnation définitive de son père. Dissimulée dans l'ombre, elle s'efforce de réhabiliter l'image de son père. Je veux savoir ce qu'elle pense des principaux éléments de l'accusation. Elle est convaincue qu'une lettre anonyme est bien parvenue sous la porte de la cellule de son père. Elle est aussi persuadée que quelqu'un, forcément proche de son père, s'est introduit à leur domicile dans la nuit du 16 au 17 avril 2013 et a simulé une conversation par SMS avec Anaïs Guillaume. Elle est aussi certaine que son père n'a pas rédigé la lettre retrouvée sur le pare-brise d'Aurélie, en 2015. « Il a toujours été le coupable idéal ! » répète-t-elle aujourd'hui, avec la même indignation que Ghislain Fay devant les magistrats de la cour d'appel de Reims, six ans plus tôt. Irina s'agrippe à l'innocence de son père comme une naufragée. C'est vertigineux et j'hésite avant de lui suggérer une autre possibilité : Philippe Gillet a été un bon père qui a tué son amante. Cela n'aurait rien d'incompatible. Mal à l'aise, sans doute maladroit, je lui conseille de ne pas perdre sa vie à tenter de convaincre que tous – magistrats, avocats, jurés, journalistes – se seraient trompés sur la culpabilité de son père. Mais est-elle bien convaincue de l'innocence de son père ? « À certains moments, on doute… Mais si le puzzle ne s'emboîte pas, c'est bien qu'il y a des questions à se poser. Il faut voir plus loin. » Je n'insiste pas. Sa meilleure amie lui a proposé de la rejoindre dans le Sud. La perspective ne lui déplairait pas mais s'éloigner de son père n'est pas envisageable. Il est détenu dans les environs de Nancy et quand elle ne l'appelle pas, elle prend le train pour aller le voir – elle n'a pas le permis. « Je ne sais plus ce que c'est d'avoir un père ou une mère à mes côtés », dit-elle, et la perspective lointaine de revivre avec lui apparaît mystérieuse. Elle se dépeint en jeune femme perpétuellement pressée, du genre à accélérer la scène d'un film en cas d'ennui, explique aimer s'entourer d'objets car « c'est nous qui les quittons, jamais eux ». La solitude lui est familière et elle suppose que celui qui l'accepterait telle qu'elle est n'existe pas. « Et puis aussi un peu à cause de la peur de l'abandon », ajoute-t-elle. La perspective d'être présentée dans une belle-famille lui inspire ce commentaire : « J'aurais l'impression de subir encore des interrogatoires. » Un sourire barre son visage mais elle est très sérieuse. Irina Gillet a vécu beaucoup trop de cauchemars pour ne pas rêver d'ailleurs. Cuba, dont elle a aimé l'atmosphère vibrante dans *Dirty Dancing 2*, regardé avec sa mère, nourrit son imagination. L'été dernier, elle a travaillé dans un restaurant de la Côte d'Azur et, dès qu'elle le pouvait, allait nager dans la mer, loin du rivage, de tout et de tous, calme et tranquille enfin. Pour ne plus revenir dans le monde des humains ? Elle marque un temps d'hésitation. « Mais je ne peux pas faire ça à mon père. Il a peut-être encore plus besoin de moi que je n'ai besoin de lui. » Sa mère est morte à l'âge de 34 ans, à peu près l'âge qu'elle aura quand son père pourra demander sa remise en liberté. « Cette histoire constitue mon identité. J'ai eu une vie particulière… J'espère que nous ne sommes pas seulement le produit de nos familles, sinon je ne vais pas tarder à mal finir ! » rit-elle de bon cœur. Notre rencontre touche à sa fin. Il fait très beau et, autour de nous, des familles rient. Je lui ai répété de penser à elle. Elle a souri et s'en est allée.

42.

Ce périmètre grand d'à peine quelques villages où tout le monde se connaît semble condamné à n'être qu'un tribunal permanent, à mille lieues des boiseries des palais de justice où les mots sont ourlés et les hochements de tête inspirés. À Blagny, Carignan et ailleurs, les protagonistes de cette histoire continuent de se croiser. Quand Fabrice Guillaume est tombé sur Victoria Gillet au détour d'une rue familière, ils se sont regardés sans dire un mot. Pour le père d'Anaïs, ce fut une épreuve. La fille aînée de Philippe Gillet venait d'ouvrir un salon de tatouage à moins de deux kilomètres de chez lui. Victoria Gillet n'a pas donné suite à ma sollicitation. Plus d'un an après le procès en appel de son père, elle postait sur son compte Facebook ouvert à tous : « Si je ne choisis pas ce qui m'arrive, c'est encore moi qui choisis la façon dont je le vis. » Non loin de là, dans les heures les plus sombres, Valérie Guillaume soupèse encore l'idée empoisonnée de se venger. Elle sait que cela serait vain, que ce ne serait pas digne d'elle, de celle qu'elle a été, jeune femme capable de partir au Sénégal aider à la construction d'une école pour lépreux, puis mère de trois enfants qu'elle aime comme on n'aime personne d'autre. La naissance d'Anaïs avait été la plus compliquée, les médecins avaient dû la placer sous assistance respiratoire. Minuscule guerrière en devenir, sa fille s'était battue pour obtenir le droit de vivre.

Dans ce coin de France, sa disparition puis sa mort ont provoqué une gigantesque onde de choc. Dominique Gérard, élue maire de Fromy en 2014, a grandi dans les mêmes rues que Philippe Gillet, côtoyé dès l'enfance. Il figurait parmi les invités à la fête organisée pour son vingtième anniversaire. Trente ans plus tard, elle se souvient de son caractère bien trempé, un peu hautain. Comme d'autres, elle ne remet pas en cause le verdict de la cour d'assises mais peine encore à admettre que cet enfant du village soit devenu un assassin. Comment pourrait-il en être autrement ? Avant d'aller travailler en Belgique, Dominique Gérard est heureuse de me parler d'autre chose, de la population du village qui rajeunit grâce aux couples qui s'installent et s'essaient à la vie à deux, de ces nouveau-nés qui sont autant d'arguments pour le maintien de la classe de maternelle et de l'association qui organise chasse aux œufs, brocante et carnaval. Comme dans les autres campagnes, l'épicerie, la boucherie et d'autres commerces ont fermé en même temps que les services publics, à force de réduire leurs horaires, baissaient le rideau. Voisine de la ferme de Gillet, la pizzeria est le dernier commerce du village, à l'exception de la boulangerie ambulante. Quand j'y retourne, les rues sont désertes. Dans un jardinet, une petite dame aux cheveux gris se débat en silence avec un râteau. Des chiens aboient à mon passage. Le gravier crisse sous les semelles. Sur des panneaux en carton accrochés à de jeunes arbres, le salon du tatouage et la prochaine journée portes ouvertes à la maison familiale rurale de Stenay sont annoncés. Je marche jusqu'à l'un des bois qui cernent les environs. Là, loin de la rumeur des hommes, sous les voûtes d'arbres alourdis par la pluie tombée avant mon arrivée, l'air parfumé me donne envie de rêver d'une forêt sans limite, monotone et infiniment diverse, sanctuaire accueillant pour la solitude que je désire afin de visiter une fois encore cette histoire.

Loin de là, rares sont les journées qui s'achèvent sans que Madissone n'entre dans le palais du souvenir d'Anaïs et n'y arpente ses allées mélancoliques. En cas d'oubli, elle se le reproche. En 2015, elle s'est fait tatouer un « A » à l'intérieur de son poignet gauche pour son anniversaire, complété du symbole de l'infini – un huit couché. Effacer de ses contacts le numéro de portable de son amie est au-delà de ses forces. Parfois, elle brûle de l'appeler mais renonce pour ne pas découvrir une voix inconnue et passer pour une folle à la recherche d'une morte. À ses enfants, pressés de se jeter dans ses bras à leur retour de l'école, elle a longuement parlé d'Anaïs, raconté qui elle était, qui elles ont été. Elle leur a cuisiné les flageolets à la crème fraîche qu'Anaïs aimait préparer dans leur appartement de la rue des Deux-Villes, là où ont résonné leurs rires, rougi leurs joues, lui leurs yeux, secoué leurs côtes. Si Madissone doit s'allonger à cause d'une migraine ou d'une fête trop arrosée, elle se tourne du côté droit, comme Anaïs le lui avait recommandé à sa première nuit d'ivresse. Dans ces moments, elle entend encore sa voix, me dit-elle. Pour que son amie ne tombe pas dans l'oubli, Madissone a accepté de participer à des documentaires télévisés. Une des équipes de tournage ne lui a jamais rendu la bande dessinée réalisée avec Anaïs et quelques autres au soir de Noël 2012, le dernier qu'elles ont passé ensemble. La petite vache en peluche offerte par Anaïs à la fête foraine de Carignan est devenue le doudou de son fils. Madissone n'a jamais eu envie de remonter sur un cheval – trop de souvenirs rendus douloureux par la fuite des jours. Quand elle repasse par les Ardennes, sa route croise le cimetière de Blagny. Elle sait qu'elle sera toujours accueillie à bras ouverts chez les Guillaume. Face à moi, elle semble hésiter : « Il y avait une cabine téléphonique dans mon village. Après la disparition d'Anaïs, j'ai appelé plusieurs fois chez Gillet. Je prenais une voix grave et je disais : je sais ce que t'as fait. Il avait juste le temps de répéter : allô ? et je raccrochais. Je ne savais pas quoi faire d'autre. » Voilà plus de dix ans qu'Anaïs a disparu. C'est plus de temps passé à la pleurer qu'à rire avec elle. Dans les instants les plus sombres, la vie devient une sorte d'agonie extralucide. Avant de laisser Madissone et sa famille, des clichés passent entre mes mains. Sur l'un, elle et Anaïs, coiffées d'un bonnet de Noël, embrassent celui qui les immortalise. Sur la suivante, Anaïs, photographiée par Madissone depuis l'intérieur de son véhicule enneigé, se presse de dégeler un essuie-glace. Elle a les joues rouges, un large sourire, et son regard fixe quelque chose qui nous échappe. Derrière elle, je reconnais la façade de l'immeuble où elle et Madissone ont vécu. Au-dessus de ses cheveux blonds brille un ciel bleu immaculé.

Remerciements

Merci à mon éditeur, Christophe Bataille, pour la pertinence de ses suggestions, son enthousiasme et ses encouragements. Je suis aussi redevable à Pierre Marlière, Agnès Nivière, Camille Decisier et l'ensemble de l'équipe des éditions Grasset.

Merci à Valérie Guillaume et tous ceux qui ont accepté de me rencontrer pour ce livre. J'espère que ce récit leur semblera juste.

Merci à mes amis et collègues de *L'union/L'Ardennais*, que je n'oublie pas.

Et enfin, merci à Marie, pour tout, Chloé et Paul, pour toujours.

Cet ouvrage a été imprimé en avril 2025
par CPI Brodard & Taupin à La Flèche
pour le compte des éditions Grasset
61, rue des Saints-Pères, 75006 Paris
info@grasset.fr

Composition et mise en page
Nord Compo à Villeneuve-d'Ascq

PAPIER À BASE DE FIBRES CERTIFIÉES

Grasset s'engage pour l'environnement en réduisant l'empreinte carbone de ses livres. Celle de cet exemplaire est de :
400 g éq. CO_2
Rendez-vous sur www.grasset-durable.fr

N° d'édition : 23589 – N° d'impression : 3060961
Dépôt légal : mai 2025
Imprimé en France